नाक बनी मुसीबत

नाक बनी मुसीबत

आकुतागावा र्‌यूनोसुके
शिगा नाओया
आरिशिमा ताकेओ
मात्सुतानी मियोको

अनुवाद और चयन

उनीता सच्चिदानन्द

राजकमल प्रकाशन

ISBN : 978-81-267-0616-7

मूल्य : ₹395

© उनीता सच्चिदानन्द

पहला संस्करण : 2002
पहली आवृत्ति : 2023
This book is printed on Print on Demand Technology : 2025

प्रकाशक : राजकमल प्रकाशन प्रा.लि.
1-बी, नेताजी सुभाष मार्ग, दरियागंज
नई दिल्ली-110 002
शाखाएँ : अशोक राजपथ, साइंस कॉलेज के सामने, पटना-800 006
पहली मंजिल, दरबारी बिल्डिंग, महात्मा गांधी मार्ग, प्रयागराज-211 001
11, अनमोल सोराबजी सन्तुक लेन, धोबी तलाव, मरीन लाइंस, मुम्बई-400 002
वेबसाइट : www.rajkamalprakashan.com
ई-मेल : info@rajkamalprakashan.com

NAK BANI MUSIBAT
Selected & Translated by Unita Sachidanand

इस पुस्तक के सर्वाधिकार सुरक्षित हैं। प्रकाशक की लिखित अनुमति के बिना इसके किसी भी अंश को, फोटोकापी एवं रिकॉर्डिंग सहित इलेक्ट्रॉनिक अथवा मशीनी, किसी भी माध्यम से, अथवा ज्ञान के संग्रहण एवं पुनःप्रयोग की प्रणाली द्वारा, किसी भी रूप में, पुनरुत्पादित अथवा संचारित-प्रसारित नहीं किया जा सकता।

श्रद्धेय प्रो. हामाकावा कात्सुहिको जी
के लिए

दो शब्द

भारत और जापान के राजनयिक सम्बन्ध की इस स्वर्ण जयन्ती वर्ष में जापानी लोक साहित्य, बाल तथा आधुनिक साहित्य की इस शृंखला को भारतीय पाठकों को समर्पित करते हुए मुझे अपार हर्ष हो रहा है। इस शृंखला में 12 पुस्तकें प्रकाशित हो रही हैं। इनमें से दो पुस्तकें जापानी लोक कथाओं और तीन जापान के विशिष्ट बाल कथाकारों की चुनिंदा रचनाओं से सम्बन्ध रखती हैं।

इन पुस्तकों में मैंने नीइमी नानकिचि, हामादा हिरोसुके, त्सुबोता जोजी, मुशानोकोजी सानेआत्सु, ओगावा मिमेई और शिमाजाकी तोसोन जैसे दिग्गजों की रचनाओं को सम्मिलित किया है। दो और पुस्तकें अग्रणी समकालीन कथाकार ओका शूजो की बहुचर्चित पुस्तक 'बोकु नो ओनेसान' का अनुवाद है जिसे मैंने जापान की श्रीमती योशिको ओकागुची के साथ मिलकर सम्पन्न किया है।

आधुनिक एवं समकालीन जापानी साहित्य का अवलोकन अन्य पाँच संकलनों में आयोजित करने की चेष्टा की गई है। इनमें जहाँ कावाबाता यासुनारी की 'हथेली-भर कहानियाँ' हैं वहीं मियाजावा केन्जी, आवा नावाको और ओगावा मिमेई की फंतासी, आकुतागावा र्‌यूनोसुके का व्यंग्य, शिगा नाओया, आरिशिमा ताकेओ व मात्सुतानी मियोको की भावपूर्ण संवेदनात्मक रचनाएँ भी हैं।

जापान के आर्थिक और सामाजिक विकास की यात्रा, द्वितीय विश्व महायुद्ध के विध्वंसक परिणामों तथा पूँजीवादी प्रोद्योगिकीकरण से प्रभावित सामाजिक और आर्थिक हलचलों को संबोधित करते आबे कोबो, साता इनेको तथा हायाशी फुमिको की रचनाएँ एक अलग ही पहलू से हमारा साक्षात्कार कराएँगी। बारहवीं पुस्तक आधुनिक जापानी साहित्य और साहित्यकारों से भारतीय पाठकों का परिचय कराएँगी। उम्मीद है कि इन पुस्तकों के जरिए जापानी साहित्य की एक लघु यात्रा पाठकों को पसंद आएगी। पिछले पाँच वर्षों से मैं इस कार्य के सम्पादन में प्रयत्नशील रही हूँ। इस कोशिश में मेरा

हौसला बढ़ाते और हर पल सहयोग करते मेरे कई मित्रों का महत्त्वपूर्ण योगदान रहा है।

सर्वप्रथम मैं भारत में जापान के राजदूत श्री हिरोशी हीराबायाशी के प्रति अपना आभार प्रकट करना चाहती हूँ जिन्होंने इस कार्य के लिए मुझे प्रोत्साहित किया। जापान की संस्कृति व सूचना केन्द्र के निदेशक श्री मिनेमुरा, राजदूत के विशिष्ट अधिकारी कु. हिरोमी साता और श्री शिनसुके जो स्वयं बखूबी हिन्दी भाषा और साहित्य की अच्छी जानकारी रखते हैं; जापान फाउण्डेशन के निदेशक श्री फुकाज़ावा एवं उपनिदेशक कोजी साता का मैं धन्यवाद करना चाहूँगी जिनका सहयोग मुझे लगातार मिलता रहा।

इन पुस्तकों की पाण्डुलिपि की तैयारी के दौरान राजकमल प्रकाशन के श्री उपेन्द्र झा, श्री चेतन क्रान्ति, श्री नरेश कुमार शर्मा, श्री तपस सरकार, आकांक्षा कम्प्यूटर के श्री नारायण एवं जवाहरलाल नेहरू विश्वविद्यालय के पूर्व एशियाई अध्ययन केन्द्र के शोधछात्र श्री संदीप कु. मिश्र से मिला योगदान अविस्मरणीय है। लेकिन इस यात्रा में राजकमल प्रकाशन के निदेशक श्री अशोक कुमार महेश्वरी का एक अभूतपूर्व योगदान है जिसकी वजह से मेरी मेहनत सफल हो पाई है।

अंत में, मैं अपने पति डा. सच्चिदानन्द सिन्हा, पुत्री वरुणी और पुत्र सोहम के प्रति अपना आभार प्रकट करना चाहूँगी, जिन्होंने विगत पाँच वर्षों के दौरान मुझे न सिर्फ उपयुक्त माहौल प्रदान किया बल्कि घर-परिवार की जिम्मेदारी में मेरा हाथ बँटाया। उनके धैर्य के अनन्त भण्डार के बगैर यह कार्य मैं कदापि संपादित नहीं कर पाती।

उनीता सच्चिदानन्द
चीनी व जापानी अध्ययन विभाग
दिल्ली विश्वविद्यालय
दिल्ली

FOREWORD

Inquisitiveness has always been a basic human trait, with mankind constantly seeking to learn more and more about other civilizations and cultures. Each nation has its own unique culture and way of living, about which people in other countries are always curious to know. Literature is the medium that provides a window to other societies, by helping us to understand their thoughts and aspirations. But, sometimes difference in language acts as a barrier in this task. It is here that the significance of literary translations comes to the fore. Literary translations have performed an important role of promoting global cultural interaction since times immemorial, and will continue to do so in the future as well.

The year 2002 make the 50th anniversary of diplomatic relations between Japan and India, which were established in April 1952. These fifty years have seen our relationship grow into a multi-dimensional one, covering a diverse range of areas such as political, economic, defence, art and culture, etc. Today, the ties between Japan and India are deeper and larger than ever before, based on mutual understanding and respect for each other. While the past fifty years have been positive and productive, we would like the next fifty years to be more so, and look forward to fruitful and close relations between our two peoples in the coming decades.

Dr. Unita Sachidanand has played a significant role in the promotion of mutual understanding between the people of our two countries. Having dedicated herself to the cause of strengthening the ties between our two countries through mutual appreciation of literature, she has once again undertaken the commendable initiative of introducing Japanese literature to Indian readers in Hindi. In 1998, she has brought out three volumes of translated Japanese literature. This time, she brings out a set of twelve tiles to commemorate the Golden Jubilee of Japan-India Diplomatic Relations. These books cover a wide variety of Japanese literary genre — from folk tales to modern fantasies, satire, children's stories, and mainstream literature written by some of the finest Japanese writers of all times. She also records two narratives presented by the *katari*, be the tradition Japanese storytellers.

Her selection is truly impressive and covers a wide spectrum of Japanese literature. In her collection, she has picked up representative stores from different periods in such a manner that they take the reader through a comprehensive literary journey of Japan. The first book contains some of the everlasting folk tales representing legends, myths and beliefs of Japan. These have been retold by the author in an absorbing style that would be liked by readers of all ages. The next three books carry an assortment of children's sotries specially written by some of the greatest literary craftsmen of Japan, such as Niimi Nankichi, Hamada Hirosuke, Shimazaki Toson, Mushanokoji Saneastsu, Tsubota Joji and Matsutani Miyoko. Though most of these authors belong to the mainstream of Japanese literature, the present selection includes those stores that these great writers have crafted specially for children. Japanese children virtually grow up with these stories, as some of these also find a place in most school textbooks in Japan.

I am particularly touched by the six stories by one of the contemporary Japanese authors, Oka Shuzo, profiling the life of the mentally and physically challenged persons. The compassion presented in these stories is a befitting tribute to the cause of such differently gifted persons. This book has received several awards such as the Akai Tori Award, Niimi Nankichi Award and Tsubota Joji Award, and has also been produced as a motion picture. This book is being brought out by Dr. Sachidanand in collaboration with Ms. Yoshiko Okaguchi of Japan, highlighting the need for such collaborative initiatives in this Golden Jubilee Year of Japan-India Friendship.

The collections included in two of the twelve titles have been largely devoted to fantasies created by Ogawa Mimei, Miyazawa Kenji and Awa Naoko. Four of the titles represent mainstream Japanese literature immaculately selected from the writings of influential authors such as Shiga Naoya, Akutagawa Ryunosuke, Arishima Takeo, Sata Ineko, Abe Kobo, Hayashi Fumiko, Matsutani Miyoko and last but not the least, an interesting collection of what is often referred to as the 'palm-sized stories' of Kawabata Yasunari, the first Japanese Noble laureate in literature. This volume of Kawabata's short stories has been translated by the students of Japanese literature in the University of Delhi, where Dr. Sachidanand teaches. I find it truly heart-warming that the translators and the editor have dedicated these stories to the long life of Japan-India Friendship in the true spirit and character of the 'palm-sized stories'. I congratulate the young scholars of Japanese language and literature for their commendable gesture.

In order to help the Indian readers appreciate the collection presented in these multi-volume anthologies of Japanese literature, Dr. Sachidanand aptly adds the twelfth one, which presents a lucid and comprehensive history of modern Japanese literature and its notable contributors. It is praiseworthy to note that the author traverses the entire gamut of Japanese literature from the Meiji period onwards, covering the contemporary trends in Japanese literature as well. She devotes a separate chapter highlighting the contribution of women authors in Japan.

I have great appreciation and admiration for all the efforts taken by Dr. Unita Sachidanand in preparation of these books, and would like to congratulate her and the publisher, Rajkamal Prakashan, for accomplishing such a magnificent task in this Golden Jubilee Year of Japan-India Diplomatic Relationship. I wish the author and the publisher an outstanding success in their current as well as future endeavours.

Hiroshi Hirabayashi
Ambassador of Japan to India

क्रम

आकुतागावा र्‍यूनोसुके

(1892-1927)

आकुतागावा र्‍यूनोसुके को कामयाबी के मोकाम पर पहुँचाने वाली रचना 'हाना' (1916) शिनशिचो पत्रिका में तब छपी, जब इनकी उम्र 23 वर्ष की थी। ताइशो काल के इस अग्रणी साहित्यकार ने मानसिक व शारीरिक पीड़ा की वजह से नींद की गोली खाकर अपनी जीवन- लीला को 35 वर्ष की उम्र ही में समाप्त कर दिया। हालांकि इनका सृजनात्मक कार्य-काल केवल दस साल का रहा। लेकिन इतने कम समय में इन्होंने इतना कुछ लिखा जिसे शायद संसार में अनूठा कहने में अतिशयोक्ति नहीं होगी। 150 उपन्यास, इतने ही निबंध, समीक्षाएँ और सफरनामों ने आकुतागावा र्‍यूनोसुके को आधुनिक जापान के महान कथाकारों में ही नहीं बल्कि विश्व साहित्य के विशिष्ट साहित्यकारों की श्रेणी में ला खड़ा किया।

इनकी प्रमुख रचनाएँ 'राशोमोन' (1915), 'कुमो नो इतो' (1918), 'मिकान' (1919), 'तोशिशुन' (1920) एवं 'शिरो' (1923) के हिन्दी अनुवाद से हिन्दुस्तान के पाठक सुपरिचित हैं।

काल चाहे कोई भी हो, साहित्य की दुनिया में प्रवेश पाने के लिए शैली तथा विषय-वस्तु में नवीनता का होना जरूरी हो जाता है। यह बात आकुतागावा के लिए भी खरी उतरती है। जब आकुतागावा ने साहित्य की दुनिया में अपना कदम रखा, उस वक्त ज्यादातर लेखकों की रचनाएँ उनकी जिन्दगी के अनुभवों पर आधारित होती थीं; किन्तु आकुतागावा ने अपनी लेखनी को एक अलग ढंग से स्थापित किया। इन्होंने बौद्धिक पुस्तकों, चीनी ग्रंथों एवं विश्वव्यापी पुस्तकों को अपने विषयवस्तु का आधार बनाया और अपने गहन ज्ञान एवं जापानी संवेदनाओं से इनको नए रूप से परिसज्जित किया।

इनकी इस दस्तकारी का लोहा हर जापानी साहित्यकार आज भी मानता है।

'हाना' (नाक) आकुतागावा की बाकी रचनाओं से काफी भिन्न है। हालाँकि इनकी रचनाओं में व्यवस्था और सामाजिक विधान पर गम्भीर आलोचना देखने को मिलती है, वहीं हाना में वे व्यंग्य का सहारा लेते हैं। व्यंग्यात्मक शैली की 'हाना' जापानी कथा-साहित्य में एक अनूठा प्रयोग मानी जाती है।

आकुतागावा ने अपनी जिन्दगी के अन्तिम दिनों में स्नायु व्याधि को लेकर 'शिनकिरो', जापानी समाज का यथार्थवादी चित्रण 'काप्पा' में और जीवन की आत्मनिंदा 'आरु आहो नो इश्सो' में बहुत ही प्रभावशाली ढंग से किया। जापानी साहित्य के अध्येता हामाकावा के अनुसार आकुतागावा की असामयिक मृत्यु ताइशो काल के तमाम बुद्धिजीवियों के अंधकारमय भविष्य का सूचक था।

नाक बनी मुसीबत

मूल शीर्षक : हाना, 1916
स्रोत : शोनेन शोजो बुनगाकुकान
6, कोदांशा, तोक्यो, 1986, पृष्ठ 21–36

अगर कभी जैनचि नाइगू की नाक का जिक्र चले तो इके-नो-ओ में शायद ही कोई व्यक्ति हो जिसे इसके बारे में मालूम न हो। नाक की लम्बाई लगभग 15-16 सेंटीमीटर थी जो ऊपरी होंठों के ऊपर से जबड़े के नीचे तक लटकी रहती थी। आकार में शुरू से अंत तक एक समान मोटी। दूसरे शब्दों में कहा जाए तो ऐसा लगता था, जैसे एक लम्बा-पतला सोसेज चेहरे के बीचोंबीच लटका दिया गया हो!

पचास साल से अधिक उम्र का हो चला नाइगू नवदीक्षित की हैसियत से भरती होने से लेकर बौद्ध-शिक्षणालय का परिचारी बनने तक मन-ही-मन इस नाक से पीड़ित रहता था। वह अपनी इस पीड़ा को कभी भी प्रत्यक्ष रूप से जाहिर नहीं होने देता था। इसका कारण केवल यही नहीं था कि उस वक्त बौद्ध भिक्षुओं से जोदो संप्रदाय के प्रति ईमानदारी से श्रद्धा-भक्ति की उम्मीद किए जाने से उनके लिए अपनी नाक की चिन्ता करना गलत बात थी; बल्कि इससे भी बड़ा कारण यह था कि वह खुद इस बात को नापसन्द करता था कि लोगों को यह पता चले कि वह अपनी नाक से पीड़ित है।

रोजमर्रा की बातचीत के दौरान अगर नाइगू सबसे अधिक किसी चीज से डरता था तो वह था 'नाक' शब्द।

नाइगू के लिए नाक का कष्टदायक होना दो कारणों से था।

प्रथम कारण इस बात से जुड़ा हुआ था कि ऐसी नाक का होना उसके लिए अपमानजनक था। दूसरा कारण यह था कि वह अपना खाना अकेले नहीं खा पाता था। जब कभी अकेले खाने लगता तो नाक की नोक कटोरी में रखे खाद्य-पदार्थ तक पहुँच जाती थी। इसीलिए जब भी वह खाने बैठता, एक शिष्य को खाने की स्टूल के दूसरी तरफ बिठा देता और भोजन खत्म होने तक 60.6 सेंटीमीटर लम्बी और 3.03 सेंटीमीटर चौड़ी लकड़ी की पट्टी से नाक ऊपर करवाए रखता; परन्तु नाक ऊपर किए शिष्य के लिए और नाक पकड़वाए नाइगू के लिए भी यह आसान बात कतई न थी।

एक बार काम करने वाले एक बालक को यह काम सौंपा गया; किन्तु इसी दौरान बालक को छींक आ जाने से उसके हाथ हिल गए और नाइगू की नाक सीधे गर्म-गर्म खिचड़ी में जा गिरी, और यह बात क्योतो तक फैल गई थी।

वास्तव में नाइगू को इस तरह की तकलीफ की चिन्ता कतई नहीं थी। चिन्ता का मुख्य कारण यह था कि नाक की वजह से उसकी प्रतिष्ठा को चोट पहुँच रही थी।

इके-नो-ओ के लोग मानते थे कि नाइगू का भिक्षु बनना उसके लिए खुशी की बात है, क्योंकि ऐसी नाक वाले व्यक्ति की पत्नी बनने के लिए कोई औरत राजी नहीं हो सकती। कुछ लोगों की ऐसी भी धारणा थी कि शायद इसी वजह से नाइगू भिक्षु बना; परन्तु नाइगू यह कतई नहीं मानता कि भिक्षु होने की वजह से उसकी नाक का कष्ट थोड़ा भी दूर हुआ हो।

इस तरह की चर्चाओं के कारण नाइगू की प्रतिष्ठा काफी नाजुक हो गई थी। इसलिए अपनी प्रतिष्ठा को बचाने के लिए वह तरह-तरह के प्रयासों में जुट गया।

सबसे पहले उसने सोचा कि ऐसा क्या किया जाए जिससे उसकी लम्बी नाक छोटी दिखे। जब उसके आस-पास कोई नहीं होता तब वह

मुस्तैदी के साथ शीशे के सामने भिन्न-भिन्न तरीके से कोण बना नाक को छोटा करने का प्रयत्न करता। जब उसे लगता कि चेहरे की दिशा बदल देने से भी नाक छोटी नहीं दिख रही है, तो फिर वह गालों को अपने हाथ पर टिकाता, ठोढ़ी के नीचे उँगली लगाता; परन्तु खुद की संतुष्टि के लिए ही सही, नाक कभी छोटी दिखी हो, ऐसा एक बार भी नहीं हुआ; बल्कि कई बार तो ऐसा हुआ कि अपनी हालत से क्षुब्ध वह जितनी बार नाक छोटी करने की कोशिश करता, नाक और अधिक लम्बी दिखती। ऐसे वक्त नाइगू एक गहरी साँस ले दु:खी हो मंत्र-बेदी में लौट भगवान के मंत्र पढ़ने लगता। इसके बावजूद उसका ध्यान अपनी और लोगों की नाक की तुलना में ही लगा रहता।

इके-नो-ओ का मन्दिर बौद्ध-भिक्षुओं को उपदेश एवं व्याख्यान देने का भी स्थान था। मन्दिर के अन्दर भिक्षुओं के सोने की जगह एक-दूसरे से एकदम सटी हुई थी। मन्दिर के हमाम में पानी उबालना भिक्षुओं का काम था। यहाँ आने-जानेवाले लोगों की संख्या अमूमन अधिक थी चाहे वे भिक्षु हों या साधारण लोग। नाइगू सभी लोगों के चेहरों को बड़े धैर्य और ध्यान से निहारता ताकि अपनी नाक जैसा कोई व्यक्ति उसे मिल जाए। इससे उसे काफी राहत मिलती। उसकी आँखें योद्धाओं की लाल या सफेद पोशाक नहीं ढूँढ़तीं। गेरुआ टोपी वालों या हलके काले रंग के वस्त्रों को देखते-देखते आँखें पहले ही इतनी अभ्यस्त हो चली थीं कि उससे कुछ फर्क नहीं पड़ता था। इसलिए नाइगू लोगों की शक्ल देखने की बजाय उनकी नाक ही देखता रहता। अफसोस कि, नीचे की ओर थोड़ी झुकी और पैनी नाक तो मिल जाती, परन्तु नाइगू को अपनी जैसी नाक एक न मिलती, और अंतत: वह दु:खी हो उठता। किसी से बात करते वक्त अगर अनायास ही अपनी लटकती नाक के अगले हिस्से को छू लेता तो शर्म से उसका चेहरा लाल हो जाता। हालाँकि यह सब उसकी उम्र से मेल नहीं खाता था; परन्तु उसका ऐसा करना उसकी इस पीड़ा का ही परिणाम था।

अंत में नाइगू ने यह सोचा कि श्लोकों में या अन्य किताबों में भी ऐसी नाक वाली हस्तियों को ढूँढ़ निकाले ताकि उसके मन को थोड़ी राहत मिले; परन्तु कोई भी श्लोक या किताब ऐसी न मिली जिसमें

लिखा हो कि मोकुरेन या शारीहोत्सु[1] की नाक लम्बी थी।

जाहिर है कि र्‌यूजु या मेम्यों[2] भिक्षुओं की भी नाक साधारण ही थी। नाइगू ने जब चीन की कहानियों से शोकु काल में चीन सम्राट, र्‌यूगेन के लम्बे कान की बात सुनी तो वह सोचने लगा कि काश, कान के बदले अगर नाक होती तो उसे कितनी सांत्वना मिलती!

एक ओर नाइगू इस तरह की नकारात्मक मानसिक दशा का सामना करता रहा तो दूसरी ओर नाक छोटी करने के सकारात्मक तरीके भी आजमाता रहा; किन्तु उन सबकी विशेष रूप से यहाँ चर्चा करने की जरूरत नहीं। उससे जो बन पाया, उसने किया। उसने जंगली चचिंडा उबालकर पिया। यहाँ तक कि चूहे का पेशाब उसने नाक पर मल कर देखा। उसने क्या-क्या नहीं किया, परन्तु 15-16 से.मी. की लम्बी नाक होंठों के ऊपर ज्यों-की-ज्यों लटकी रही।

एक साल, शरद में नाइगू के काम से एक शिष्य भिक्षु जब क्योतो गया तो उसने जान-पहचान के वैद्य से नाक छोटी करने का नुस्खा सीख लिया। वह वैद्य चीन से आया था और बाद में चोराकु मन्दिर का बौद्ध-पुरोहित बन गया।

हमेशा की तरह नाइगू बाहर से यही जताता रहा कि नाक से उसे कोई परेशानी नहीं; इसलिए उसने नुस्खे को आजमाने की दिशा में कोई खास दिलचस्पी भी नहीं दिखाई; परन्तु कभी-कभी आनन-फानन में यह जरूर कह देता कि उसके खाना खाते वक्त शिष्य को जो जोखिम उठाना पड़ता है, उससे उसको काफी तकलीफ होती है। मन-ही-मन नाइगू इन्तजार कर रहा था कि शिष्य स्वयं उस नुस्खे को आजमाने के लिए कहे। शिष्य को इस बात की जानकारी नहीं थी, ऐसी बात भी नहीं थी। वह नाइगू की मन:स्थिति से भली भांति परिचित था। चिढ़ने की बजाय शिष्य को नाइगू की स्थिति पर दया आती थी। अंत में नाइगू की अपेक्षानुसार शिष्य-भिक्षु ने नुस्खा बता दिया और उसे परखने की सलाह भी दे दी।

---

1. बुद्ध भगवान के शिष्यों का नाम
2. भारत के बौद्ध-कवि

नाइगू तो पहले से ही उसका इंतजार कर रहा था। उसने गरमजोशी से सलाह को स्वीकार कर लिया।

यह तरीका बहुत ही आसान था यानी गर्म पानी में नाक को रख पैरों से कुचलवाना। पानी तो हमाम में रोज ही उबाला जाता था। शिष्य-भिक्षु इतने उबलते पानी को हमाम से केतली में भर लाया जिसमें उँगली डालना भी मुश्किल था; परन्तु केतली की तली में नाक अन्दर डालने से भाप से चेहरे के जलने का डर था। इसलिए नाक के बराबर एक ट्रे में छेद कर उसे केतली का ढक्कन बना, नाक को उसके अन्दर किया गया। इतने गर्म पानी में सिर्फ नाक डाले जाने पर नाइगू को कोई खास दिक्कत नहीं हुई।

थोड़ी देर डुबोए रखने के बाद शिष्य भिक्षु बोला,''अब गर्म हो चुकी होगी।''

नाइगू जबरन मुसकरा रहा था; क्योंकि उसने सोचा कि इतना सुनने से किसी को यह पता नहीं चलेगा कि गर्म होने की बात नाक से सम्बन्धित है। उबलते पानी की भाप से नाक के अंदर इस तरह खुजली हो रही थी, जैसे पिस्सू ने काट खाया हो!

भाप छोड़ती नाक को ट्रे की छेद से बाहर निकालते ही शिष्य-भिक्षु अपने दोनों पैरों से जोर से कुचलने लगा।

फर्श पर एक तरफ लेट नाक फैलाए नाइगू शिष्य-भिक्षु के पैरों को ऊपर-नीचे होते देख रहा था।

शिष्य दु:खी हो नाइगू की गंजी खोपड़ी की ओर नजरें टिकाए बीच-बीच में बोलता जा रहा था; ''दर्द नहीं हो रहा है क्या? वैद्य जी ने ही जोरों से कुचलने को कहा था; परन्तु दर्द तो फिर भी हो ही रहा होगा।''

नाइगू गर्दन हिलाकर दर्द नहीं होने का संकेत देना चाहता था; किन्तु नाक दबाए जाने की वजह से उम्मीद के मुताबिक गर्दन हिल नहीं सकी, इसलिए नाइगू ने नजर उठा शिष्य के फटे-रुखड़े पैरों को देखते हुए गुस्से से उत्तर दिया, ''कह तो रहा हूँ कि दर्द नहीं हो रहा है।''

वास्तव में पैर खुजली वाली जगह पर पड़ रहे थे इसलिए दर्द होने की बजाय उसे अच्छा ही लग रहा था।

पैर से दबाने का सिलसिला थोड़ी देर और चला तो नाक में बाजरा के दानों जैसी चीज़ बननी शुरू हुई। वह चीज़ बाल छीली साबुत भूनी छोटी चिड़िया की आकृति जैसी लग रही थी। शिष्य यह देख पैरों को रोकते हुए मन-ही-मन बोला – 'इसे मोचनी से निकालने को कहा था।'

असंतुष्ट-सा, मुँह फुलाए नाइगू चुपचाप अपने-आपको शिष्य के हवाले कर दिया। वह शिष्य की सद्भावना अच्छी तरह जानता था, फिर भी अपनी नाक से इस तरह बरताव करवाना उसे अप्रिय लग रहा था। अविश्वसनीय वैद्य से ऑपरेशन करवा रहे मरीज की तरह चेहरा बनाए, क्षुब्ध-सा वह अपनी नाक के रोमछिद्रों से मोचनी द्वारा चरबी निकाल रहे शिष्य को देख रहा था। चिड़िया के पंख-मेरू जैसी आकृति वाली चरबी को लगभग 12 मि. मी. की लम्बाई तक निकालना था।

आखिरकार, सारा काम नुस्खानुसार सामान्य रूप से खत्म हुआ तो शिष्य ने आश्वस्त हो चैन की साँस लेते हुए कहा, "... एक बार और उबाल देने से ठीक रहेगा।"

नाइगू उसी तरह भौंहें सिकोड़े नाखुश चेहरा लिए शिष्य के कहे अनुसार करता गया।

दूसरी बार गर्म नाक को जब बाहर निकाला गया तो सामान्य शुकनासिका और नाइगू की नाक में कोई ज़्यादा फर्क नहीं रह गया था। सचमुच, नाक छोटी हो चली थी।

इस छोटी हो चली नाक पर हाथ फेरते हुए सकुचाए और सहमे नाइगू ने शिष्य द्वारा दिखाए शीशे में झाँका।

ठोढ़ी के नीचे तक लटकती वह नाक अविश्वसनीय ढंग से छोटी हो इस वक्त ऊपरी होंठ के भी ऊपर तक सिकुड़ सहमी हुई ज़िन्दगी को हलका-सा सहारा दे रही थी। कहीं-कहीं पर नाक चित्तीदार लाल हो गई थी। शायद वे पैरों से दब जाने के निशान रहे होंगे। अब यह बात तो तय थी कि नाइगू पर हँसने वाला कोई नहीं था। शीशे के अन्दर नाइगू के चेहरे ने, शीशे के बाहर के चेहरे को देख, संतुष्टि से अपनी पलकें झपकाईं।

लेकिन उस दिन नाइगू को पूरे वक्त एक ही चिन्ता सताती रही कि बड़ी मुश्किल से छोटी हुई नाक कहीं फिर से लम्बी न हो जाए,

इसलिए मंत्र पढ़ते वक्त या खाना खाते वक्त – जब कभी उसे समय मिलता, वह चुपके से नाक की नोक को छूकर देखता। लेकिन नाक कायदे से होंठों के ऊपर ही डटी रही और उसके नीचे लटक जाने के कोई लक्षण भी नहीं दिखे।

रात-भर सोने के बाद जब वह सुबह उठा तो सबसे पहले उसने नाक पर हाथ फेरकर देखा। नाक अभी भी छोटी थी। इस वजह से नाइगू स्वच्छंद महसूस करने लगा, जैसे सालों के बाद कंठस्थ मंत्रों को कागज पर पूरा लिख देने की उपलब्धि हासिल कर ली हो!

किन्तु अभी दो-तीन दिन भी नहीं हुए होंगे कि नाइगू को अनपेक्षित स्थितियों का सामना करना पड़ा। हुआ यह कि एक योद्धा किसी काम से इके-नो-ओ मन्दिर आया। उसने काम की बात तो ठीक से की नहीं, हास्यास्पद ढंग से नाइगू की नाक को केवल घूरता रहा। बात इसी व्यक्ति तक सीमित रहती तो कोई चिन्ता करने की जरूरत नहीं थी; परन्तु एक बार नाइगू की लम्बी नाक को खिचड़ी के अन्दर गिरा देने वाला छोटा बालक-भिक्षु भी जब नाइगू से हॉल के बाहर अचानक टकराया तो उसने गर्दन झुका कुछ अजीब-सी शक्ल बनाकर हँसी दबाने की कोशिश की, और अंततः जब उससे रहा नहीं गया तो एकाएक जोर से हँस पड़ा। सामान्यतः तरह-तरह के काम करने वाले छोटे पद के भिक्षु भी सामने तो नम्रतापूर्वक पेश आते परन्तु पीठ पीछे होते ही वे मंद-मंद मुस्कराने लगते।

ऐसा केवल एक या दो बार हुआ हो, ऐसी बात नहीं थी, क़ई बार ऐसा हो चुका था।

शुरू-शुरू में नाइगू ने इन सब बातों का यह अर्थ लगाया कि यह सब शायद उसके चेहरे पर कुछ बदलाव आने के कारण हो रहा है। वास्तव में बात ऐसी ही थी। बालक-भिक्षु और छोटे पद के भिक्षुओं के हँसने की वजह उसकी बदली सूरत ही थी। पहले और अब की हँसी में कोई खास फर्क भी न था, फिर भी कहीं न कहीं हँसने के अंदाज में फर्क जरूर था। फिलहाल, अगर यह कहा जाए कि लम्बी नाक को देखते-देखते अभ्यस्त हो चली आँखों को नई एवं छोटी नाक ज्यादा ही हास्यास्पद लगी हो तो उचित होगा।

लेकिन नाइगू इस बात से पूरी तरह आश्वस्त नहीं था। उसे लगता, इस हँसी के पीछे अवश्य कोई बात है।

'पहले इस तरह बेझिझक कोई हँसता न था।' नाइगू मंत्र पढ़ना छोड़, गंजे सिर को झुकाए कभी-कभी इस तरह बड़बड़ाता रहता।

सबका प्यारा नाइगू ऐसे समय में अकेलापन महसूस कर, पास के विश्वभ्रद बोधि-सत्व की मूर्ति को देख चार-पाँच दिन पहले की लम्बी नाक को याद कर उदास हो जाता। वह सोचता, 'जो लोग पहले मेरा इतना आदर करते थे, अब मेरे प्रति इतनी निर्दयता से क्यों पेश आने लगे हैं?'

– दुर्भाग्यवश नाइगू के पास इसका उचित उत्तर देने की कोई खास बुद्धि भी न थी।

– मनुष्य के दिलो-दिमाग में एक-दूसरे से अंतर्विरोध करती दो मनोवृत्तियाँ होती हैं। बेशक, ऐसा कोई व्यक्ति नहीं जो दूसरों के दुर्भाग्य में सहानुभूति न जताए; परन्तु अगर वह व्यक्ति किसी तरह उस दुर्भाग्य के घेरे को चीरकर निकल जाए तो दूसरे व्यक्ति को कुछ कमी महसूस होने लगेगी। इस बात को जोर देकर कहा जाए तो यह कि दूसरे व्यक्ति की एक बार फिर यह कोशिश रहेगी कि वह व्यक्ति दुबारा से उस दुर्भाग्य में घिर जाए। भले ही यह एक नकारात्मक दृष्टिकोण क्यों न हो, लेकिन अनजाने में ही सही, दूसरे व्यक्ति के प्रति द्वेष को अपने पास सँजोए रखने की इच्छा उत्पन्न हो ही जाती है।

– नाइगू इसका कारण न जानते हुए भी कुछ नाखुश था तो सिर्फ इसलिए कि इके-नो-ओ के भिक्षु और अन्य लोगों के बर्ताव में उसे अप्रत्यक्ष रूप से कहीं न कहीं तमाशाई-स्वार्थपरता दिख रही थी।

अत: दिन-ब-दिन नाइगू का मिज़ाज बिगड़ता गया। वह हर किसी को डाँटने-फटकारने लगा। अंत में नौबत यहाँ तक आ गई कि शिष्य-भिक्षु भी, जिसने नाक का इलाज किया था, उसकी चुगली करने लगा, "नाइगू सीधे-साधे कमज़ोर लोगों को तंग करता था, इसीलिए उसे यह सज़ा मिली।"

नाइगू को सबसे ज्यादा गुस्सा दिलाने वाला वह बालक-भिक्षु था जिसका जिक्र पहले आ चुका है।

एक दिन कुत्ते के भौंकने का शोरगुल सुनकर नाइगू जब बाहर आया, तो देखा, वही बालक-भिक्षु लगभग 60.6 सेंटीमीटर लकड़ी के पट्टे को घुमाते हुए लम्बे बालों वाले पतले झबरे कुत्ते को भगाते हुए उसका पीछा कर रहा था। 'नाक पर नहीं लगाऊँगा..., अरे, नाक पर नहीं लगाऊँगा...' बार-बार लय में गाते हुए वह कुत्ते को भगाए चला जा रहा था।

नाइगू ने उस पट्टे को बालक-भिक्षु के हाथ से लपककर छीन लिया और पूरे दम से उसके मुँह पर दे मारा। वह लकड़ी का पट्टा वही था जिससे पहले नाइगू की नाक को खाते वक्त ऊपर उठाया जाता था।

नाइगू को बिना सोचे-समझे नाक छोटी कर देने पर अब उल्टे अफसोस होने लगा।

कुछ दिन पश्चात् एक रात की बात है। शाम ढलने के बाद उस रात अचानक हवा चलने लगी। बुर्ज की घंटी बजने की आवाज सोए हुए नाइगू के कानों तक पड़ने से उसे काफी तकलीफ पहुँच रही थी।

अचानक सर्दी बढ़ने से बूढ़ा नाइगू सोने की लाख कोशिश करने पर भी सो नहीं पाया।

बिस्तर पर आँखें झपकाते हुए अचानक नाक में खुजली होने लगी। हाथ लगाकर देखा तो नाक में सूजन हो चली थी। नाक थोड़ा नम भी थी और छूने पर गर्म भी लगी।

''जबरदस्ती छोटी करने से बुखार हो गया लगता है...'' सम्मानपूर्वक हाथों से जैसे बुद्ध भगवान को अगरबत्ती चढ़ाते हैं, ठीक वैसे ही नाइगू अपनी नाक को दबाते हुए बड़बड़ाया।

अगले दिन नाइगू जब हमेशा की तरह आँखें खोला तो मन्दिर के अन्दर मिंगो वृक्ष ने रात भर में अपने पत्ते गिरा दिए थे जिसकी वजह से सारे बगीचे में सुनहरी रोशनी फैल गई थी। शायद इसलिए भी कि बुर्ज की छत पर पाला पड़ा था। सुबह की हलकी रोशनी में बुर्ज के ऊपर सजावट के लिए लगाई नौ चूड़ियाँ चमक रही थीं।

ज़ैनचि नाइगू ने झंझरी लगे बरामदे में खड़े हो गहरी साँस ली।

वह चेतना, जिसे नाइगू लगभग भूलने की कोशिश कर रहा था, दुबारा लौटकर जिस वक्त आई, वह यही घड़ी थी।

नाइगू ने सकपकाते हुए नाक पर हाथ फेरा। हाथ जिस चीज को छू रहा था, वह कल रात की छोटी नाक न थी। ऊपरी होठों के ऊपर से ठोढ़ी के नीचे तक 15–16 से.मी. से भी अधिक लम्बी लटकती वह पहले की ही नाक थी। एक रात में नाक फिर से पहले की अवस्था में आ गई, यह बात नाइगू को पता चल गई। उसी के साथ उसे वही प्रफुल्लित भाव वापस लौटता महसूस हुआ, जो नाक छोटी होने के वक्त था।

'ऐसा होने से अवश्य ही अब हँसने वाला कोई नहीं...' नाइगू मन-ही-मन फुसफुसाया–लम्बी नाक को शरद की सुबह की हवा के झोंकों में लटकाए हुए।

शिगा नाओया

(1833-1971)

शिगा नाओया का जन्म 20 फरवरी, सन् 1883 को मियागी प्रांत के इशिनोमाकी शहर में हुआ। पिता नाओहारु और माँ गिन की ये दूसरी संतान थे। जब ये बारह वर्ष के थे तो इनकी माता का देहांत हो गया। सन् 1912 में इन्होंने माँ की मृत्यु से प्रभावित हो 'हाहा नो शी तो आताराशी हाहा' (माँ की मृत्यु और फिर एक नई माँ) नामक रचना लिखी।

17 वर्ष की उम्र से ही इसाई धर्म की ओर इनका रुझान बढ़ने लगा। लगभग इसी समय से कई मामलों में इनके अपने पिता से मतभेद की शुरुआत हुई।

सन् 1921 में इन्होंने 'आनयाकोरो', (डार्क नाइट पासिंग) आत्म कथित, उपन्यास लिखना शुरू किया और उसे 1937 में पूरा कर पाए।

शिगा नाओया अपने लेखन-काल में 'शिराकाबा' नामक एक साहित्यिक पत्रिका से जुड़े थे। इनके अलावा इस पत्रिका से अन्य शामिल लेखकों में से मुशानोकोजी सानेआत्सु एवं आरिशिमा ताकेओ हैं। इस पत्रिका की नींव 1910 में पड़ी। इससे जुड़े सभी लोग कुलीन वर्ग से सम्बन्ध रखते थे। उनके जीवन और समाज के अनेक पहलुओं पर गौर किया जाए तो ये लोग अन्य लेखकों से कहीं अधिक खुशहाल, समृद्ध और खुले विचारों के थे। ये किसी खास वैचारिक धारा को अपना आधार न मानते थे, बल्कि समझते थे कि हरेक व्यक्ति को और अपने व्यक्तित्व और योग्यता को जीवित रखने का, उसे निखारने का मौका मिलना चाहिए। इनमें से अगर अधिकांश लेखक टॉल्सटॉय की मानवतावाद से प्रभावित थे तो कुछ उचिमुराकान्जो (1861-1930) की इसाई धर्म की विचारधारा से। नात्सुमेसोसेकी (1867-1916) से भी इन लोगों को काफी कुछ सीखने को मिला। मानव के सुख चैन की सच्ची कामना करनी हो तो हरेक इन्सान को जिन्दगी

एवं मानवता के मूल्यों पर ध्यान देना होगा, यही इन लेखकों का उद्देश्य था। नैतिक मूल्यों पर जोर देते हुए नेकी, सदाचारी को ही सही मायने में सौन्दर्य का रूप मानते थे।

शिगा नाओया 'शिराकाबा' के लेखकों में से सर्वश्रेष्ठ लेखक माने जाते थे। किसी भी वस्तु के प्रति अवलोकन की पैनी नजर और अभिव्यक्ति की पुख्तता इनकी खासियत थी। इनकी रचनाओं में जहाँ मनोवैज्ञानिक वर्णन देखने को मिलता है, वहीं ये दृश्य और प्राकृतिक नजारों को भी बखूबी दर्शाते हैं। जैसे 'नन्हे का भगवान' में मनोवैज्ञानिक दृष्टि की बारीकी झलकती है और 'ताकीबी' (अलाव, 1920) में दृश्य-वर्णन।

मनोवैज्ञानिक वर्णन ये इतनी सच्चाई और सूक्ष्मता से करते हैं कि मनुष्य के अन्तर्मन का द्वेष, प्यार, और पेचीदगी का यथार्थ बड़ी खूबसूरती से सामने आ जाता है। 'नन्हे का भगवान' और 'किनोसाकी से' को पढ़ने से ये बातें बखूबी सामने आ जाती हैं।

नन्हे का भगवान

मूल शीर्षक : कोज़ो नो कामीसामा, 1920
स्रोत : शोनेन शोजो निहोन बुनगाकुकान
5, कोदांशा, तोक्यो, 1986, पृष्ठ 9-28

सेनकिचि कान्दा स्थित एक तराजू की दुकान में काम करता है। शरद ऋतु की शीतल और स्वच्छ सूरज की किरणें दरवाजे पर लटके नीले रंग के धुँधले से परदे के नीचे से होती हुई दुकान के सामने पड़ रही थीं।

उस समय दुकान में एक भी ग्राहक न था।

काउण्टर की दूसरी ओर बैठा दुकान का हैड-क्लर्क अपनी बोरियत मिटाने के लिए हाथ से बनाई हुई सिगरेट का कश ले रहा था। अंगीठी के पास एक नौजवान अखबार पढ़ते हुए हैड-क्लर्क से कह रहा था:

"लो, 'को' साहब, अब आ ही गया तुम्हारी मनपसन्द टूना मछली की चरबी खाने का समय। है न?"

"तो आज रात को जाना कैसा रहेगा? दुकान बन्द होने के बाद चलें क्या?"

"हाँ, ठीक रहेगा।"

"अगर सोतोबोरी लाइन से जाएँ तो पन्द्रह मिनट लगेंगे।"

"सो तो है।"

‘‘मैं दावे के साथ कह रहा हूँ कि अगर उस भोजनालय का स्वाद जीभ पर चढ़ गया तो शायद कहीं और का खाना कभी अच्छा नहीं लगेगा।’’

‘‘एकदम सही फरमाते हो।’’

‘ओह, तो सुशि वाले दुकान की चर्चा चल रही है!’ सेनकिचि ने मन–ही–मन कहा। वह जेब में हाथ डाले एक निश्चित दूरी पर शिष्टतापूर्वक बैठा इन क्लर्कों की बातें सुन रहा था। क्योबाशी की ‘ख’ नामक दुकान तक काम से कभी–कभी सेनकिचि को भेज दिया जाता था, इसलिए वह इस सुशि–भोजनालय की जगह ठीक से जानता था। सेनकिचि इन जानकार क्लर्कों की बातें सुनते–सुनते सोचने लगा कि न जाने कब उसकी हैसियत इन क्लर्कों जैसी होगी, और वह बेधड़क इन भोजनालयों के अन्दर दाखिल हो पाएगा।

‘‘सुना है कि योहे के बेटे ने मात्सुया के पास एक दुकान खोली है। क्या तुम्हें नहीं मालूम?’’

‘‘अच्छा! मुझे नहीं मालूम। मात्सुया कहा तुमने, परन्तु कहाँ का मात्सुया?’’

‘‘मैंने भी ठीक से सुना नहीं परन्तु हो न हो, वह इमागावाबाशी का ही मात्सुया होगा !’’

‘‘अच्छा! तो वहाँ का खाना स्वादिष्ट है क्या?’’

‘‘हाँ; नाम से तो कुछ ऐसा ही जान पड़ता है।’’

‘‘तो योहे की ही दुकान है न?’’

‘‘नहीं, लेकिन ऐसा ही कुछ कहा था। कोई दुकान कही थी। मैंने सुना तो था, पर अब ठीक से याद नहीं।’’

‘‘ऐसी न जाने कितनी प्रसिद्ध दुकानें हैं!’’

सेनकिचि मन–ही–मन सोच रहा था – ‘स्वादिष्ट! न जाने कितना स्वादिष्ट होगा?’ आखिर इस तरह कल्पना करते–करते सेनकिचि का मुँह लार से भर उठा जिसे वह सावधानी से धीरे–धीरे निगल गया।

[2]

उसके दो–तीन दिन बाद एक शाम की बात है। क्योबाशी के ‘ख’ दुकान

तक सेनकिचि को किसी काम से भेजा गया। जब वह निकला तो हेड-क्लर्क से गाड़ी का भाड़ा लेता गया।

सोतोबोरी की गाड़ी से वह काजिबाशी उतर जानबूझ कर उस मशहूर सुशि-भोजनालय के सामने से गुजरा। सुशि-भोजनालय के द्विविभाजित पर्दे पर उसकी नज़र गई। उसे लगा, पर्दे के बीच से दोनों हैड-क्लर्क अभी-अभी उस भोजनालय में दाखिल हो रहे हैं। उसे काफी भूख लगी थी। तेल में पकाई हुई टूना मछली की कल्पना मात्र से ही वह बेचैन-सा हो गया। वह मन-ही-मन सोचने लगा–'एक ही सही, परन्तु खाने को बड़ा जी मचल रहा है।' ऐसा पहले भी अक्सर होता था कि दोतरफा मिले किराए से वह एक ओर का ही टिकट खरीदता और वापस पैदल चला जाता। अभी भी पीछे की चोर जेब में बचे हुए चार सेन छन-छन बज रहे थे।

'वैसे अगर चार सेन हों तो एक सुशि खा भी सकता हूँ परन्तु एक माँगना अच्छा भी नहीं लगेगा।'

सुशि खाने की आशा छोड़ वह आगे बढ़ चला।

'ख' दुकान पर जल्दी ही काम खत्म हो गया। उसने पीतल के छोटे-छोटे बाटों से भरे भारी कार्टन को उठाया और दुकान से बाहर निकला।

किसी चीज से आकर्षित हो वह पुनः उसी राह की ओर मुड़ गया जिस रास्ते वह आया था। वह धीरे-धीरे चलने लगा।

[3]

कुलीन वर्ग के एक नवयुवक 'अ' ने सुशि के पारखी अपने मित्र 'ब' से सुन रखा था कि सुशि खाने का सही लुत्फ तब मिलता है जब उसे हाथ से खाया जाए और वह भी सड़क के किनारे वाले स्टालों से। 'अ' की भी ख्वाहिश हुई कि वह कभी खड़े-खड़े इस तरह सुशि खाए। उसने सड़के के किनारे वाले ऐसे ही एक स्टॉल का पता लगा लिया।

एक दिन, शाम हुए अभी थोड़ा ही वक्त हुआ होगा कि 'अ' गिन्जा से होते हुए क्योबाशी पुल को पार कर दोस्त के बताए सुशि स्टॉल पर पहुँच गया। वहाँ पहले से केवल तीन ग्राहक मौजूद थे। पहले तो वह

थोड़ा झिझका, फिर हिम्मत करके किसी तरह पर्दे के बीच से अन्दर घुस तो गया परन्तु लोगों के बीच खड़े होने की उसकी इच्छा नहीं हुई। इसलिए वह पीछे ही खड़ा रहा।

उसी वक्त अचानक तेरह-चौदह साल का एक बच्चा उसके बगल से अन्दर घुसा और 'अ' को धकेलते हुए आगे की खाली जगह पर खड़ा हो गया। नीचे की ओर लकड़ी के तख्ते पर रखी पाँच-छः सुशि पर उसने अपनी बेचैन निगाहें घुमाईं।

"नोरीमाकी नहीं है क्या?"

"ओह, वह तो हम आज नहीं बनाते।" मोटे मालिक ने एक सुशि हाथ में पकड़े हुए बच्चे को घूरकर देखा।

उस बच्चे के लिए यह कोई नई बात नहीं थी। बच्चे ने साहस बटोरते हुए तीव्रता से हाथ बढ़ा एक पंक्ति में लगी तीन सुशि में से एक उठा ली। परन्तु न मालूम क्यों, तीव्रता से बढ़े हाथ जब वापस लौटे तो उनमें कुछ अजीब-सी झिझक थी।

"एक छः सेन की है!" मालिक ने कहा।

बच्चे ने सहमते हुए चुपचाप सुशि को फिर उसी जगह रख दिया।

"एक बार उठाई चीज को दुबारा रखना ठीक नहीं," कहते हुए मालिक ने अपने हाथ में पकड़ी सुशि को एक ओर रखा और वापस रखी सुशि को उठाया। बच्चे ने कुछ नहीं कहा। क्षोभवश वह क्षण-भर के लिए वहाँ से हिल भी न सका; परन्तु तुरन्त ही साहस बटोर झटके के साथ पर्दे के बाहर चला गया।

"आजकल सुशि के भाव भी बढ़ गए हैं इसलिए तुम्हारे लिए तो खाना बिलकुल ही असंभव है," मालिक ने थोड़ा टेढ़े तरीके से बोला। फिर उसने एक सुशि बनाई और खाली हुए हाथ से बच्चे द्वारा उठाई गई सुशि को बड़ी चतुराई से अपने मुँह के अन्दर डाल तुरन्त गटक गया।

[4]

"कुछ दिन पहले मैं तुम्हारी बताई गई सुशि की दुकान देखकर आया हूँ।"

''कैसी थी?''

''बहुत ही अच्छी। हाँ, ध्यान से देखने पर लगा कि सभी लोग हाथ से सुशि खाने की कला में इतने पारंगत थे कि नीचे की ओर करके मछली को एक ही बार मुँह में डाल बड़ी सफाई से निगल जाते! क्या सुशि खाने का यही सही तरीका है?

''हाँ, भई, टूना को ज्यादातर इसी तरह खाया जाता है।''

''मछली को मुँह के अंदर की ओर क्यों डालते हैं?''

''वह इसलिए कि मान लो, अगर मछली खराब हो तो जीभ को इसका पता न चले।''

''ऐसा सुनने से मुझे तुम्हारी जानकारी पर शक होता है,'' और 'अ' हँस पड़ा।

'अ' ने उस बच्चे की बात छेड़ते हुए कहा, ''मुझे नहीं मालूम, पर पता नहीं क्यों मुझे उस पर दया आ गई थी। इच्छा हुई कि मैं उसके लिए कुछ करूँ।''

''अच्छा होता अगर तुम उसे खिला देते। उसे कितनी खुशी होती अगर तुम उससे यह कहते कि जितनी मर्जी हो खा लो!''

''वह नन्हा बच्चा तो खुश हो जाता; परन्तु मैं संकोची प्रकृति का आदमी हूँ।''

''संकोची? इसका मतलब तुममें हिम्मत नहीं?''

''हिम्मत है या नहीं, यह तो नहीं मालूम; परन्तु ऐसा करना थोड़ा मुश्किल ही है। हाँ, अगर बच्चे के साथ कहीं इकट्ठा निकलूँ तो शायद खिला सकता हूँ।''

''हाँ, सो तो है।'' 'ब' ने भी अपनी सहमति जताई।

[5]

एक दिन, 'अ' अपने किंडर-गार्डन जाने वाले छोटे बच्चे के शारीरिक विकास को मापने के उद्देश्य से स्नानगृह के लिए एक वज़न लेने की मशीन खरीदने अचानक कान्दा स्थित सेनकिचि की दुकान पहुँचा। सेनकिचि 'अ' को नहीं जानता था, लेकिन 'अ' ने सेनकिचि को पहचान लिया।

दुकान के एक कोने में कंकरीट से बनी जगह पर सात-आठ बड़ी-छोटी मशीन, भार के अनुसार सिलसिलेवार ढंग से रखी हुई थी। 'अ' ने उनमें से सबसे छोटी मशीन को चुना। 'अ' ने सोचा कि अगर वह बस-स्टॉप आदि जैसी जगहों पर रखी बड़ी मशीनों की ही आकृति की एकदम छोटी मशीन खरीद कर ले जाएगा तो उसका बच्चा और पत्नी दोनों कितना खुश होंगे!

क्लर्क ने एक पुराना रजिस्टर उठाते हुए बोला, "इसे कहाँ पहुँचाना है, कृपया लिखवा दीजिए।"

"वो ..." 'अ' सेनकिचि की ओर देखकर थोड़ा सोचते हुए बोला, "क्या वह लड़का थोड़ी देर के लिए खाली है?"

"हाँ, कोई विशेष व्यस्त भी नहीं...."

"ऐसी बात है तो क्या उसे मेरे साथ भेजने का कष्ट करेंगे, क्योंकि मैं थोड़ा जल्दी में हूँ।"

"ठीक है, मैं समझ गया। तो फिर मशीन को ठेले में रख उसे आपके साथ भेज देता हूँ।"

'अ' को उस दिन बच्चे को न खिला पाने का अफसोस था इसलिए उसने उसे आज खिलाने की सोची।

भुगतान होने के बाद क्लर्क ने एक और रजिस्टर निकालते हुए बोला, "कृपया इसमें अपना नाम और पता लिखने का कष्ट करें।"

'अ' थोड़ा सकपकाया। उसे इस नियम का पता न था कि मशीन खरीदते वक्त खरीददार का नाम, पता और मशीन का नम्बर बाकायदा रजिस्टर में दर्ज किया जाता है। नाम बता देने के बाद बच्चे को खिलाना उसे जरा ज्यादा ही संकोचप्रद लगा। परन्तु अब कोई और चारा भी नहीं था। काफी सोच-विचार के बाद आखिरकार उसने उल्टा-सीधा नाम और पता लिखकर इस संकट से मुक्ति पाई।

[6]

औपचारिकता पूरी कर वह आगे चल पड़ा। उसके चार-पाँच मीटर पीछे भार-मशीन रखी ठेले को खींचते हुए सेनकिचि चला आ रहा था। एक भार-वाहक दुकान तक आने के बाद सेनकिचि को बाहर रोक वह

अन्दर गया। तुरन्त ही भार-मशीन पहले से ही तैयार एक वाहन में रख ली गई।

"अच्छा तो यह काम कर देना और पैसे भी वहीं से ले लेना। यह सब मैंने कार्ड में लिख दिया है।" निर्देश देता हुआ वह बाहर आया। फिर सेनकिचि की ओर मुड़कर मुस्कराते हुए बोला, "तुम्हारा भी धन्यवाद, पर मैं तुम्हारे लिए कुछ करना चाहता हूँ इसलिए मेरे साथ कुछ दूर तक चलो।"

सेनकिचि को ग्राहक की बात अच्छी पर कुछ अटपटी-सी लगी। कुछ भी हो, वह बहुत खुश था। खुशी के मारे गद्गद हो उसने ग्राहक को दो-तीन बार लगातार झुककर सलाम किया।

'नुडुल्स की दुकान', 'सुशि की दुकान' और फिर 'चिकन की दुकान' भी गुजर गई।

"आखिर जाना कहाँ है?" सेनकिचि थोड़ा बेचैन हुआ।

कान्दा स्टेशन के ऊपरी रेलवे लाइन के नीचे से वे दोनों मात्सुया के पास निकले, फिर लाइन पार करके योकोचो की छोटी सुशि की दुकान पर पहुँच ग्राहक रुक गया।

"यहाँ थोड़ा मेरा इन्तजार करो," कहकर ग्राहक दुकान के अन्दर गया। सेनकिचि ने ठेले को भी विश्राम दिया। कुछ क्षण बाद ग्राहक बाहर आया। उसके पीछे एक जवान, सुंदर औरत बाहर आई और बोली, "बच्चे, अन्दर आओ, तुम्हारा स्वागत है।"

"मुझे तुम्हें यहाँ अकेला छोड़ घर जाना पड़ रहा है लेकिन तुम जी भर के खाना," कहते हुए ग्राहक तेज कदमों से रेलवे लाइन की ओर चला गया।

सेनकिचि ने तीन लोगों की खुराक के बराबर सुशि खा डाली। मिनटों में वह सारा का सारा ऐसे गटक गया जैसे किसी भूखे दुबले-पतले चलते कुत्ते को अनपेक्षित ही मनपसंद ढेर सारा खाना मिल गया हो। हालाँकि उस समय दुकान में कोई और ग्राहक नहीं था, फिर भी मालिकिन ने सरकने वाला दरवाजा बन्द कर रखा था। यही कारण था कि बेझिझक वह जितना खा सकता था, खूब खाया। चाय पेश करने आई मालिकिन के द्वारा, 'और नहीं खाओगे क्या?' पूछे जाने पर सेनकिचि शर्म से

पानी-पानी हो गया।

"बस, काफी है," कह उसने सिर नीचे झुका लिया। फिर जल्दी-जल्दी लौटने की तैयारी करने लगा।

"अच्छा, फिर दोबारा जरूर आना। भुगतान हुए पैसों में से तो अभी काफी बचे हैं।"

सेनकिचि चुप रहा।

"क्या तुम उन महाशय को पहले से जानते हो?"

"नहीं।"

"अच्छा....!" उस औरत ने अचरज-भरी निगाहों से अपने पति की ओर देखा जो अभी-अभी वहाँ आए थे।

"बहुत ही साफ-दिल इन्सान हैं। अगर तुम यहाँ दोबारा नहीं आओगे तो हम परेशानी में पड़ जाएँगे।"

सेनकिचि ने चप्पल पहनते हुए हड़बड़ी में दुकानदार का झुककर अभिवादन किया और विदा ली।

[7]

बच्चे से विदा लेने के बाद 'अ' इस तरीके से रेलवे-लाइन तक आया, जैसे कोई उसका पीछा कर रहा हो। ठीक उस वक्त वहाँ से गुजर रही टैक्सी को रोक वह 'ब' के घर की ओर चल पड़ा।

'अ' को कुछ अजीब-सा अकेलापन महसूस हो रहा था। उस दिन बच्चे को बेचारगी की हालत में देख 'अ' के दिल में दया उमड़ आई थी। फिर 'अ' के मन में हमेशा उस बच्चे के लिए भरसक मदद करने की भावना भी घर कर गई थी। आज जब अचानक मौका मिला, तो उसने अपनी उस इच्छा को पूरा कर लिया। इस तरह बच्चा तो संतुष्ट हुआ ही, उसे भी शान्ति मिली। किसी को खुशी प्रदान करना गलत बात नहीं है। स्वाभाविक है कि 'अ' को भी एक प्रकार की खुशी का आभास हो रहा होगा; फिर यह अजीब उदासी और बेचैनी क्यों?

इस अनुभूति का स्रोत आखिर क्या है? यह वैसी ही अनुभूति है जैसे चोरी-छिपे कोई गलत काम करने के बाद होती है। हो सकता है कि यह अनोखा एहसास दिल और दिमाग के बीच चल रहे द्वंद्व की

वजह से हो? जहाँ मन नेकी का विरोध कर रहा हो? उसकी खिल्ली उड़ा उसे नीचा दिखाने की कोशिश कर रहा हो? अगर अपने द्वारा किए उपकार को थोड़ा छोटा मान लें और आराम से यह सोचें कि कुछ हुआ ही नहीं तो शायद बेहतर हो। यह बेचैनी शायद न चाहते हुए भी छोटी–छोटी बातों पर ध्यान देने के कारण है। खैर, इतना जरूर है कि यह काम किसी तरह की शर्मनाक हरकत नहीं है।

उस दिन 'अ' का 'ब' से मिलने का वायदा था, इसलिए 'ब' उसका इन्तजार कर रहा था। दोनों रात होने पर 'ब' की साइकिल पर सवार श्रीमती 'स' की संगीत–गोष्ठी में गए।

'अ' काफी देरी से घर लौटा। 'ब' से मिलने और श्रीमती 'स' के प्रभावशाली संगीत को सुनने के बाद 'अ' की उदासी लगभग जाती रही।

"वज़न की मशीन के लिए बहुत–बहुत धन्यवाद!" उस छोटे–से प्यारी मशीन को देखकर पत्नी अपेक्षानुसार खुश थी। बच्चा तो सो चुका था; परन्तु पत्नी ने बताया कि वह मशीन को देख काफी खुश था।

"बहरहाल, उस दिन सुशि की दुकान पर जिस बच्चे को मैंने देखा था, आज उससे मिलकर आया हूँ।"

"अच्छा, कहाँ?"

"वह उसी दुकान में काम करता है, जहाँ से मैंने यह मशीन खरीदी है।"

"बड़ी अद्‌भुत मुलाकात रही!"

बच्चे को सुशि खिलाने और उसके बाद उत्पन्न हुई अजीब–सी बेचैनी की बात 'अ' ने पत्नी को बताई।

"आखिर क्या कारण रहा होगा? ऐसी उदासी का उत्पन्न होना थोड़ा अटपटा तो जरूर लग रहा है।"

शान्त और सुशील पत्नी ने चिन्ता में भँवें सिकोड़ीं। थोड़ा सोचने के बाद वह बोली, "हाँ, मैं तुम्हारी इस हालत को समझ सकती हूँ। ऐसा क्यों होता है, यह तो नहीं मालूम, पर हाँ, ऐसा एक बार मुझे भी जरूर महसूस हुआ था।"

"अच्छा!"

"हाँ! सच में ऐसा होता है। अच्छा, बताओ, 'ब' ने क्या कहा?"

“ ‘ब’ से मैंने बच्चे से मिलने की बात की ही नहीं।”

“अच्छा! लेकिन यह बात तो पक्की है कि बच्चा जरूर प्रसन्न हुआ होगा। अनपेक्षित ही अगर ऐसा स्वादिष्ट भोजन मिल जाए तो कौन खुश नहीं होगा? मैं खुद ऐसा भोजन खाना चाहती हूँ। सुशि की दुकान फोन से फरमाइश स्वीकार करती है क्या?”

[8]

सेनकिचि खाली ठेले को घसीटता घर पहुँचा। उसका पेट गले तक भरा हुआ था। अभी तक उसे पेट-भर खाने को तो मिलता था परन्तु ऐसा स्वादिष्ट भोजन उसने कभी इतनी मात्रा में खाया हो, उसे याद नहीं। उसे तुरन्त उस दिन क्योबाशी की सुशि की दुकान में हुई शर्मिन्दगी की बात याद आई। उसके चेहरे पर क्षोभ की एक हल्की रेखा उभर आई। फिर उसे यह भी महसूस होने लगा कि आज ‘अ’ का उसे इस तरह खिलाना भी उसी घटना से सम्बन्ध रखता है।

‘हो सकता है, ‘अ’ उस जगह उपस्थित रहा हो!’ बच्चे ने सोचा– ‘निश्चय ही यही है। परन्तु मेरे काम की जगह का कैसे पता चला? यह तो थोड़ी अद्‌भुत बात लगती है !’ उसने सोचा–‘ऐसी बात है तो आज मैं जिस दुकान में ले जाया गया, वह जरूर वही है जिसके बारे में एक दिन क्लर्क लोग आपस में बातें कर रहे थे। आखिर इन क्लर्कों की बातचीत का ‘अ’ को कैसे पता चला होगा?’ सेनकिचि अचंभित हुए बगैर न रह पाया।

वह अपने दिमाग में यह कल्पना भी नहीं कर सका कि जिस वक्त क्लर्कों के बीच सुशि की दुकान की चर्चा चल रही थी ठीक उसी वक्त ‘अ’ और ‘ब’ के बीच भी यही बातचीत हो रही थी। उसने यह समझा कि जो बात उसने क्लर्कों से सुनी, वही बात ‘अ’ को भी मालूम रही होगी और इसलिए वह आज उसे वहाँ ले गया। अगर ऐसा नहीं है तो फिर यह बात समझ से बाहर है कि उस दुकान से पहले की दो-तीन सुशि की दुकानें श्रीमान ‘अ’ ने क्यों छोड़ी? बच्चा मन-ही-मन इस उधेड़बुन में लगा रहा।

फिलहाल, वह इतना ही समझ पाया कि वह ग्राहक कोई साधारण

व्यक्ति नहीं था। सुशि के स्टाल पर उसका शर्मिन्दा होना, क्लर्कों के बीच हुई बातचीत, और तो और उसके अन्तर्मन की बात जान कर इतनी उदारता से भोजन कराना—आखिरकार बच्चे को यही समझ आया कि वह किसी मनुष्य के वश की बात नहीं थी। हो सकता है कि वह कोई देवता रहा हो या कोई संत।

'ऐसा भी हो सकता है कि वह फसल का भगवान हो!' बच्चे ने सोचा।

फसल के भगवान का खयाल उसे इसलिए भी आया कि उसकी एक चाची इस देवता की असीम भक्त थी और एक बार वह इसी चक्कर में थोड़ा पगला भी गई थी। कहते हैं कि भगवान उसके शरीर में प्रवेश कर गए तो चाची का शरीर थर-थर काँपने लगा, और वह अजीबो-गरीब भविष्यवाणियाँ करने लगी। साथ में बहुत दूर हुई घटना का भी पर्दाफाश करने लगी थी। बच्चे ने यह सब अपनी आँखों से देखा था; परन्तु फसल के भगवान का इतना सजीला और आकर्षक होना उसे अनोखी बात लगी। उसे इतना तो निश्चित रूप से लगने लगा कि उस घटना के पीछे जरूर कोई अलौकिक ताकत थी।

[9]

दिन बीतने के साथ-साथ 'अ' की उदासी लुप्त होती गई। यहाँ तक कि उसके निशान तक न बचे। परन्तु कान्दा की उस दुकान के सामने से गुजरने पर उसे एक विचित्र अनुभूति का एहसास होता। उसके लिए वहाँ से गुजरना अब संभव न हो पा रहा था। उसे उस दुकान में जाने की इच्छा भी कभी नहीं हुई।

"चलो, अच्छा ही हुआ! दुकान में जाने की बजाय घर मँगवाओगे तो सब खा सकते हैं।" पत्नी हँसकर बोली।

परन्तु 'अ' हँसा नहीं, गंभीरता से बोला, "मेरे जैसा कमजोर और संकोची इन्सान इतना भी आसानी से नहीं कर सकता।"

सेनकिचि के लिए भी उस घटना को भूल पाना मुश्किल हो गया। उसके लिए अब यह समस्या नहीं थी कि वह 'ग्राहक' इन्सान है या कोई अलौकिक शक्ति; लेकिन वह हृदय से उसका आभारी था।

सुशि-दुकान की मालिकिन के बार-बार बुलाने के बावजूद उसे दुबारा वहाँ जाकर खाने की इच्छा नहीं हुई। वह खुशी के समय या परेशानी के वक्त उस ग्राहक के बारे में ही सोचता रहता। बस, यही उसके लिए सांत्वना का ज़रिया बन गया। उसे विश्वास था कि एक दिन कभी 'वह ग्राहक' अनपेक्षित आशीर्वाद लेकर उसके सामने जरूर आ खड़ा होगा।

लेखक ने यहाँ पर लिखना बन्द कर दिया। दरअसल लेखक यह लिखना चाहता था कि बच्चे ने उस ग्राहक का असली रूप जानने के लिए क्लर्क से उसका पता-ठिकाना लिया और उसे ढूँढ़ने की कोशिश भी की। बच्चा लिखे पते पर गया परन्तु उस स्थान पर किसी इंसान का घर न होकर फसल के देवता का एक छोटा-सा मठ था। बच्चा यह देखकर अवाक् रह गया।

परन्तु ऐसा लिखना बच्चे के प्रति थोड़ा निर्मम-सा लगा। इसीलिए लेखक ने अपनी बात यहीं खत्म कर दी।

किनोसाकी से

मूल शीर्षक : किनो साकी निते, 1917
स्रोत : शोनेन शोजो निहोन बुनगाकुकान
5, कोदांशा, तोक्यो, 1986, पृष्ठ 83–93

यामानोत्ते रेलवे लाइन की गाड़ी से ठोकर खा मुझे चोट लग आई। स्वास्थ्य-लाभ के खयाल से मैं ताजिमा के किनोसाकी नामक गरम सोता के लिए अकेला ही निकल पड़ा। पीठ का घाव अगर मेरुदंड के अस्थिक्षय में बदल जाए तो जान लेवा हो सकता है; किन्तु चिकित्सक ने कहा कि ऐसी बात कतई नहीं। दो-तीन साल के अन्दर अगर ऐसा नहीं होता तो उसके बाद कोई चिन्ता की बात नहीं रहेगी। चूँकि, कहा जाता है, 'होशियारी बरतना परमावश्यक है', मैं स्वास्थ्य-लाभ के लिए यहाँ चला आया। तीन हफ्ते से अधिक अगर सब्र कर सका तो, लगभग पाँच हफ्ते तक यहाँ रहना चाहूँगा। ऐसा सोचकर मैं यहाँ चला आया।

दिमाग तरोजाता नहीं रहता था। भूलने की आदत भयंकर रूप धारण कर चुकी थी। परन्तु इन दिनों मन शांत और स्थिर रहता था, इसलिए थोड़ा अच्छा लग रहा था।

धान की कटाई शुरू होने का वक्त था और मौसम भी खुशगवार।

यहाँ कोई भी बात करने वाला नहीं। बस, अकेला मैं था। कभी पढ़ता, तो कभी लिखता। बस, एकांत कमरे के सामने कुर्सी पर बैठा

कभी पहाड़ को निहारता तो कभी यातायात को। यह सब नहीं तो बस, सैर करने में ही दिन गुजार देता। शहर से एक छोटी नदी के साथ-साथ सटी धीरे-धीरे ऊंची होती सड़क सैर के लिए अच्छी होती। पहाड़ के दामन के आस-पास एक छोटा-सा गहरा खड्ड था, जहाँ अलवणोद मछलियाँ काफी संख्या में एकत्रित होतीं। ध्यान से देखने पर नदी के बड़े केकड़े जिनके पैरों में बाल उगे होते, पत्थर की तरह एकटक निहारते दिखते।

रात के भोजन के पूर्व मैं अक्सर इस रास्ते पर सैर करते हुए आ जाता था। शरद की ठण्डी शाम और वीरान पहाड़ों से गुजरती छोटी स्वच्छ नदी के साथ टहलते वक्त अगर कुछ सोचता था तो जाहिर है कि उसका अधिकांश हिस्सा उदासी में डूबा होता, तनहाई के खयालों में डूबा रहता; परन्तु इसमें भी शांति और खुशी का एहसास था। मैं अक्सर चोट के बारे में सोचता। कभी-कभी सोचता कि अगर जरा-सी चूक हो जाती तो इस वक्त आओयामा की धरती के नीचे पीठ के बल मुरझाया, ठण्डा कठोर चेहरा लिए पीठ व चेहरे के घाव के साथ दादाजी और माँ की लाश की बगल में एक-दूसरे से बेखबर पड़ा रहता—इस तरह के खयाल उमड़ते। हालाँकि ऐसी बातें एकाकीपन की वजह से थीं, किन्तु ये मुझे इतनी दहशत में डालने वाली नहीं थीं

पर कभी तो ऐसा होगा!

वह 'कभी तो?'

अभी तक ऐसी बातें सोचते हुए मैं उस 'कभी तो' को अनजाने में ही, दूर भविष्य में धकेल देता।

परन्तु इस वक्त मुझे ऐसा महसूस होने लगा कि मैं असमर्थ हूँ, वह 'कभी तो' जानने में। मैं मरने की कागार से बच निकला। किसी चीज़ ने मुझे नहीं मारा। मेरे पास अभी बहुत ऐसे काम हैं जो मुझे करने हैं।

माध्यमिक विद्यालय में पढ़ी लॉर्ड क्लाइव की किताब में लिखा था कि कुछ ऐसा ही सोचने की वजह से क्लाइव का हौसला बुलंद हुआ था। वास्तव में मैं भी खुद इसी तरह की खतरनाक घटनाओं को महसूस करना चाहता था। मुझे ऐसा एहसास भी हुआ। परन्तु अजीबोगरीब बात यह थी कि मेरे मन में एक अभूतपूर्व शान्ति छा गई। मेरे मन में न

मालूम क्यों मरने के प्रति घनिष्ठता उत्पन्न होने लगी!

मेरा कमरा पहली मंजिल पर था।

आस-पास कोई और कमरा न था और अनुमान से अधिक शान्तिपूर्वक था।

पढ़ने-लिखने से थक जाता तो बरामदे में पड़ी कुर्सी पर जाकर बैठ जाता। बगल में प्रवेशद्वार की छत्त थी जिसकी पट्टी घर से जुड़ने तक लकड़ी के तख्तों से बनी थी। उस लकड़ी की पट्टी के अन्दर लगता था कि मधुमक्खी का छत्ता बना हुआ है। बस-मौसम अच्छा हो तो बाघ की धारियों वाली बड़ी मोटी मधुमक्खियाँ सुबह से शाम तक हर रोज व्यस्तता से काम करती रहतीं। वे बड़ी कुशलता से तख्तों की गाँठ वाली जगह से निकल प्रवेशद्वार की छत तक आ जातीं। वहाँ वे अपने पंख या शुंगिका को आगे या पीछे के पैर से बड़ी सावधानी से समेट लेतीं। उनमें से कुछ थोड़ा उधर घूमने वाली भी होती, तो कुछ तुरन्त लम्बे पतले पंखों को दोनों ओर से फैलाए तेज रफ्तार से दूर उड़ती चली जातीं। वहाँ पर लगाए आरालिया पौधे के फूल खिलने शुरू हो गए थे, इसलिए मधुमक्खियाँ उन पर झुण्ड बनाती मँडराती फिरतीं। मेरा जब जी ऊब आता तो मैं रेलिंग के पास आकर मधुमक्खियों के आने-जाने के इस सिलसिले को निहारता रहता।

एक सुबह मैंने एक मधुमक्खी को प्रवेशद्वार की छत्त के नीचे मरा पाया। उसके पैर पेट से एकदम चिपके हुए थे और शुंगिकाएँ चेहरे से बेसलीके से लटकी हुई थीं। अन्य मधुमक्खियाँ पूर्णतः बेदर्द थीं। छत्ते से बाहर आने-जाने में व्यस्त, बगल से उड़ती-फिरतीं, मगर मरी मधुमक्खी से बिलकुल बेखबर। जिस तरह व्यस्तता से काम करती मधुमक्खियाँ ज़ीवित प्राणी का एहसास दिलातीं, उसी तरह बगल में पड़ी एक मधुमक्खी सुबह, दिन और शाम, जब भी देखो, एक ही जगह पर बिना हिले-डुले गर्दन झुकाए, नीचे लुढ़के एक मृतक का एहसास दिलाती।

यह सिलसिला तीन दिन तक उसी तरह चलता रहा। उसको देखने से अत्यंत रिक्तता एवं एकान्तता महसूस होती थी। उस शाम जब सभी अन्य मधुमक्खियाँ छत्ते के अन्दर चली गईं तो ठण्डे खपरैल के ऊपर

अकेली पड़ी रह गई एक लाश सूनेपन का एहसास दिलाती; किन्तु यह एहसास अत्यंत खामोशी का था।

रात भर काफी तेज बारिश हुई। सुबह मौसम साफ हुआ। पेड़ के पत्ते, आस-पास की जमीन और छत भी अच्छी तरह साफ हो गई। मधुमक्खी की लाश अब वहाँ न थी। अभी भी छत्ते की मधुमक्खियाँ पूरे जोश से काम कर रही थीं। किन्तु हो सकता है, मरी मधुमक्खी बारिश के पानी की निकास-नली के जरिए बह गई हो! पैरों को सिकोड़े, शुंगिका को चेहरे से चिपकाए, धूल में सनी वह शायद कहीं एक जगह पर जम गई होगी। जब तक कि बाहरी जगत में उसे फिर से हिलाने का कोई अगला परिवर्तन नहीं होता, लाश शायद तब तक वहीं पर जमी रहेगी। हो सकता है, चींटियाँ उसे कहीं खींचती ले जाएँ। कुछ भी हो, यह सब बेहद निस्तब्ध-सा था। काम करने में मशगूल मधुमक्खी का अचानक गतिहीन हो जाना खामोशी का कारण था। मुझे इस खामोशी से घनिष्ठता महसूस हुई। मैंने थोड़ी देर पहले ही 'हान का अपराध' नामक एक छोटा उपन्यास लिखा। हान नामक एक चीनी ने, पत्नी के शादी के पहले अपने एक दोस्त से सम्बन्ध के कारण यानी एक भूतपूर्व घटना से चिढ़कर अपनी पत्नी को मार डाला। हालाँकि उसकी अपनी ही सहज वृति शायद इस प्रक्रिया को उकसाने पर जोर डाली होगी।

मैंने हान की मनोवृति को मुख्य स्थान देते हुए यह उपन्यास लिखा; किन्तु अब मैं हान की पत्नी के जज्बों को प्रधानता देते हुए कब्र के नीचे पड़ी उस खामोशी का वर्णन करने की सोच रहा हूँ।

'मारी गई हान की पत्नी' लिखने की बात मेरे ज़हन में आई। अन्ततः वह लिख तो नहीं पाया परन्तु ऐसी तमन्ना मेरे दिल में हमेशा उत्पन्न होती रही। इससे पहले के जिस लम्बे उपन्यास पर मैं काम कर रहा था, उसके मुख्य पात्र और इस पात्र की सोच में जमीन-आसमान का फरक होने से मैं शिथिल पड़ गया।

मधुमक्खी की लाश का बह जाना और नज़रों के दायरे से गायब हो जाने के थोड़ी देर बाद का वक्त था।

एक सुबह मैं मारुयामा नदी और हिगाशीयामा पार्क जाने के खयाल से सराय से निकला, जहाँ से जापानी समुद्र दिखाई देता है और जिसमें

मारुयामा नदी का पानी गिरता है।

'इचि नो यू' के सामने से छोटी नदी गलियों के बीचोबीच धीमी रफ्तार में बहती हुई, मारुयामा नदी से जा मिलती है। एक जगह पहुँचकर देखा कि पुल और समुद्र तट पर खड़े लोग नदी में गिरी किसी वस्तु को देखते हुए शोर कर रहे थे। वे नदी में बह रहे एक बड़े चूहे को देख रहे थे। चूहा तैरकर भाग निकलने की भरपूर कोशिश कर रहा था। चूहे की गर्दन मछली भूनने के प्रयोग में आने वाली 22 से. मी. लम्बी लोहे की सलाख से भेदी हुई थी। सलाख-सीख सिर के ऊपर लगभग 9 से. मी. और गले के नीचे लगभग 9 से. मी. निकली हुई थी। चूहा पत्थरों पर रेंगते हुए चढ़ने की कोशिश कर रहा था। दो-तीन बच्चे और लगभग चालीस की उम्र का एक रिक्शाचालक, उस पर पत्थर फेंक रहे थे। निशाना हर बार चूक जाता था। पत्थर खट-खट दीवार पर टकराते, और वापस उछलते हुए गिर जाते थे। दर्शक ठहाका मारकर हँस रहे थे। चूहे ने अंततः दीवार के बीच अपने आगे के पैर फँसाए रेंगते हुए चढ़ने की कोशिश कर ही रहा था कि लोहे की सलाख किसी चीज़ से फँस गई और वह फिर से पानी में गिर गया। चूहा अपने को बचाने की हर संभव कोशिश कर रहा था। उसके चेहरे के हाव-भाव मनुष्य समझने में असमर्थ थे किन्तु अपने को बचाने की उसकी भरपूर चेष्टा उनको खूब समझ आ रही थी। यह सोच कि कहीं भाग निकल पाने से शायद जान बच जाएगी, लम्बी सलाख से भेदा चूहा फिर से नदी के बीचोबीच तैरता निकल गया। बच्चे और रिक्शाचालक अधिकाधिक मनोरंजन के खातिर पत्थर फेंकते रहे। बगल में धुलाई करने की जगह के सामने घूम-फिर कर दाना चुगती दो-तीन बतखें पत्थरों को आते देख हैरानी से गर्दन ऊंची कर आँखें फाड़े देखने लगीं। पत्थर छपाक से पानी में गिरे। बतख मजनून शक्ल बनाए गर्दन ऊँची किए, चीखते-चिल्लाते शीघ्रता से भाग, बहाव के ऊपरी ओर तैरते चले गए।. चूहे की मृत्यु देखने का मेरा मन न हुआ।

मृत्यु-निश्चित नसीब को ढोते हुए 'मरना नहीं है' सोच तथा चूहे के भाग निकलने की भरपूर चेष्टा एक अजीबोगरीब ढंग से दिमाग में उमड़ी। एकाकीपन एवं नीरसता ने मुझे घेर लिया। यह एक सच्ची

अनुभूति थी। शान्ति की तमन्ना के मध्य में ऐसी कष्टदायक स्थिति को देखना एक खौफ़नाक बात थी। हालाँकि मैं मरने के बाद की खामोशी से अपनापन महसूस करता परन्तु मौत आने के पूर्व ऐसा शोरगुल दहशत पैदा करता है। जिस जीव को आत्महत्या करने का ज्ञान न हो, उसे मृत्यु तक पहुँचने के लिए इन सब कोशिशों को जारी रखना पड़ेगा। उस चूहे की तरह इस वक्त मेरे साथ भी वही घटे तो मैं क्या करूँगा? मैं भी चूहे की तरह बचने की कोशिश करूँगा या नहीं? चोट की हालत में अपने को उसके करीब महसूस किए बगैर मुझसे न रहा गया। मुझसे जितना हो सका, मैंने किया। अपनेआप अस्पताल निश्चित किया। उधर जाने के तरीकों का निर्देश दिया। चिकित्सक की अनुपस्थिति में ऑपरेशन की तैयारी न होने से परेशानी की बात सोच, पहले से ही किसी से फोन करवाने को कह दिया। बेहोशी की हालत में केवल जरूरी बातों के लिए दिमाग का काम करना खुद को भी बाद में अचम्भे में डालने लायक था। परन्तु मेरी यह समस्या थी कि यह चोट जान लेवा है या नहीं। किन्तु चोट जानलेवा है या नहीं, इस प्रश्न पर विचाराधीन, मेरा मरने के खौफ से भयभीत न होना भी अपने आप में एक अजीबोगरीब बात थी।

"फेटल है या नहीं? चिकित्सक ने क्या कहा?" मैंने दोस्त से पूछा।

"चोट फेटल नहीं लगती," ऐसा मुझसे कहा गया। यह कहलाने पर मैं तुरन्त तंदुरुस्त हो गया। उत्साह से प्रफुल्लित हो उठा। अगर मैं यह सुनता कि चोट फेटल है तो मैं क्या करता? उस घटने की मैं थोड़ा भी कल्पना नहीं कर सकता। मैं शायद अधीर हो जाता। किन्तु मुझे ऐसा भी महसूस हुआ कि शायद मृत्यु के खौफ से उतना आतंकित नहीं होता जितना आमूमन सोचा जा सकता था। ऐसा कहलाने पर भी मैं बचने की कोशिश करता और उसके लिए न मालूम क्या-क्या जतन करता। चूहे की हालत और मेरी स्थिति में कतई कोई फर्क नहीं होता। अगर वह स्थिति अभी इसी वक्त आ जाए तो क्या करूँगा? यह सोचते हुए, अगर यह भी ऊपर से सोचूँ कि अपनी भी स्थिति में फर्क नहीं तो दिल चाहेगा, 'अपने-आपको हालात पर छोड़ देना।' परन्तु वास्तव में तुरन्त फर्क पड़ने वाला नहीं। ऊपर से अगर दोनों बातें सही निकलीं

तो मैंने सोचा कि फर्क पड़ने पर भी ठीक और न पड़ने पर भी ठीक। बड़ी लाचारवश परिस्थिति है।

फिर कुछ दिन बाद एक शाम शहर से छोटी नदी के साथ मैं अकेला ही चढ़ाई की ओर धीरे-धीरे चलने लगा। सानइन रेलवे लाइन की सुरंग के सामने मैंने रेल पटरी पार की। आगे सड़क सँकरी होती गई और ढलान भी तीव्र हो गई। पानी की धारा भी काफी तेज हो गई। मकान दिखने अब बिलकुल बंद हो गए।

बस, अब वापस लौटना चाहिए। 'बस, उस दिखती जगत तक' सोचते हुए एक-एक मोड़ आगे बढ़ता गया। सभी वस्तुएँ नीलिमा लिए सफेद, हवा के स्पर्श की ठण्डी अनुभूति, चारों ओर का सन्नाटा उल्टे मेरे अन्दर बेचैनी उत्पन्न कर रहा था। सड़क के किनारे शहतूत का एक बड़ा पेड़ था। दूसरी ओर की सड़क तक निकली पेड़ की टहनी में सिर्फ एक पत्ता फड़-फड़ एक ही लय में फड़फड़ा रहा था। हवा की अनुपस्थिति में नदी के बहाव के अलावा एकदम सन्नाटा के बीच केवल वही पता लगातार हिलने में मशगूल दिखता था। यह सब विचित्र लगा मुझे। थोड़ा डर भी महसूस हुआ। कुतूहलवश मैंने पेड़ के नीचे आकर थोड़ी देर पत्ते को गौर से देखने की कोशिश की। तभी हवा बहने लगी। उसके बाद उस फड़फड़ाते पत्ते का हिलना-डुलना बंद हो गया। मुझे कारण समझ में आ गया। मुझे लगा, किसी वजह से इस तरह की हालत मैं अच्छी तरह समझता था।

धीरे-धीरे हलका अँधेरा होने लगा। कितना भी चलने पर आगे एक मोड़ आ जाता था। बस, यहाँ से अब वापस लौटना चाहिए, मैंने सोचा। अनायास, मैंने पास बह रही नदी को देखा। दूसरी तरफ तिरछी सतह पर लगभग आधी चटाई के माफिक पत्थर पर एक काली चीज़ पानी से निकलती दिखाई दी। वह तालाब और दलदल में रहने वाली एक प्रकार की छिपकली[1] थी। अभी भी वह भीगी थी और उसका रंग सुन्दर दिखता था। सिर बहाव की ओर किए एकटक कुछ निहार रही थी।

बदन से टपकता पानी काले सूखे पत्थर पर लगभग 3 से. मी. बह

---

1. इमोरी

रहा था। ऐसे ही मैं वहाँ उकड़ूँ बैठा उसे देख रहा था। थोड़ी देर पहले इस छिपकली के प्रति मेरी घृणा खत्म हो गई। पत्थर की दीवार या घास-फूस के बीच रहने वाली छिपकली[1] मुझे थोड़ी बहुत अच्छी लगती है। घर या छत्त पर पाई जाने वाली छिपकली[2] मुझे सबसे ज्यादा नापसंद है। इमोरी छिपकली मुझे न तो पसंद है और न ही नापसंद।

लगभग दस साल पहले आशि झील की सराय की नाली से पानी की जगह में अक्सर इन इमोरी छिपकलियों को इकट्ठा होते देख मेरे अन्दर अक्सर यह भाव उभरते कि अगर मैं इमोरी छिपकली होता तो मेरे लिए यह सब असहनीय होता। मैं यह भी सोचता कि अगर मेरा इमोरी के रूप में पुनर्जन्म हुआ तो मैं क्या करूँगा? उस वक्त इमोरी को देखते ही मेरे अन्दर ये सब बातें उमड़कर आती थीं। इसलिए इन्हें देखना मुझे नापसंद था। परन्तु मैं अब इस तरह की बातें नहीं सोचता। इमोरी को आश्चर्य में डाल पानी के अन्दर डालने की कोशिश करने की मेरी इच्छा हुई। अकुशलता से हिलती और चलती आकृति की मैंने कल्पना की। उकड़ूँ अवस्था में ही, बगल में पड़े छोटे बॉल के बराबर के पत्थर को उठाकर फेंका। मैंने खासतौर पर इमोरी को निशाना न बनाया। निशाना बनाता भी तो वह लगता नहीं और निशाने पर अनिपुणता हासिल करता; क्योंकि मैं कभी सोच भी नहीं सकता था कि वह निशाने पर लगेगा। पत्थर छपाक के साथ बहते पानी में गिरा। पत्थर की आवाज़ के साथ इमोरी छिपकली 12 से. मी. के लगभग उछलती प्रतीत हुई। उसने पूँछ पीछे की ओर थोड़ी और ऊँची उठाई। 'आखिर क्या हुआ होगा?' सोचते हुए मैं उसे देखता रहा। सबसे पहले मैंने यह नहीं सोचा कि पत्थर निशाने पर लगा। छिपकली की ऊँची उठी पूँछ अपने आप चुपचाप नीचे आ गई, फिर कुहनियों को फैलाती, ढलान में सँभलती हुई आगे लगे दोनों पैरों की उँगलियों को अन्दर सिकोड़ी तो इमोरी छिपकली शक्तिहीन हो आगे की ओर फिसल गई। उसकी पूँछ पत्थर पर एकदम चिपक गई। अब वह बिलकुल भी हिली-डुली नहीं। वह

1. तोकागे
2. यामोरी

मर गई थी। मुझे लगा, जैसे मैंने बहुत बड़ा अपराध कर दिया हो। कीड़े को मारने का काम तो मैं अक्सर करता था, परन्तु इस तरह के भाव मेरे अन्दर एकदम नहीं उभरते थे। परन्तु इमोरी को मारना मेरे अन्दर एक विचित्र और घृणित भाव पैदा कर दिया। पहले भी मैंने ऐसा किया था किन्तु यह तो एकाएक हुआ। इमोरी के लिए यह एक अकस्मात् मौत थी। मैं थोड़ी देर वहाँ पर उकड़ूँ बैठा रहा। इमोरी जिस तरह चित पड़ी थी, मैंने अपने आपको उसी की तरह चित महसूस किया। बेचारगी के साथ-साथ जीवित जन्तुओं का अकेलापन मैंने एक साथ महसूस किया। मैं अकस्मात् नहीं मरा। छिपकली अकस्मात् मर गई। मैं वीरानगी में खो अंतत: पैरों के तले दिखते रास्ते से गरम सोता सराय की ओर लौटा। दूर, शहर से दूर रोशनी नजर आने लगी। मरी मधुमक्खी का क्या हुआ होगा? शायद उसके बाद बारिश से या फिर मिट्टी से दब गई होगी। उस चूहे का क्या हुआ होगा? समुद्र ने उस फफोले उमड़े शरीर को कूड़े के साथ तट पर फेंक दिया होगा। और मैं जो मरा नहीं, इस वक्त चल रहा हूँ, इस तरह के खयालों में डूबा हुआ। अपनी इस हालत के प्रति मुझे कृतज्ञता व्यक्त करनी चाहिए, मैंने सोचा। परन्तु वास्तव में मेरे अन्दर खुशी के भाव न उमड़े। जीते रहना और मरना, ये दोनों मुझे विपरीत केन्द्र नहीं लगे। इन दोनों बातों में मुझे कोई खास फर्क नज़र नहीं आया। अब तक काफी अँधियारा छा गया था। दर्शनेंद्रिय केवल दूर की रोशनी को महसूस करती प्रतीत हुईं। पैर पड़ने की संवेदना भी दर्शनेंद्रीय से दूर अत्यंत असंतुलित थी। बस, केवल दिमाग ही अकस्मात् चल रहा था। वह मुझे और भी ऐसी सोच की ओर आमंत्रित कर रहा था।

तीन हफ्ते के बाद मैं यहाँ से चला गया। उसके बाद अब तीन साल होने को आए। बस, मैं केवल मेरुदंड अस्थिक्षय से बच पाया।

आरिशिमा ताकेओ

(1878-1923)

आरिशिमा ताकेओ का जन्म 4 मार्च, 1878 में तोक्यो के सुइदोमाचि स्थान पर हुआ। बचपन से ही इन्होंने अंग्रेजी का अध्ययन शुरू कर दिया था। ईसाई धर्म के प्रति इनके रुझान की नींव भी इन्हीं दिनों पड़ी। सन् 1920 में इन्होंने 'हितो फुसा नो बुदो' नामक रचना को 'आकाइ तोरी' पत्रिका में प्रकाशित किया। इस कहानी में, 1884 के दौरान इनके योकोहामा इंग्लिश स्कूल के दिनों का जिक्र है।

अध्यापिका एक छात्र की बुरी आदत को एक अनोखे तरीके से छोड़ने के लिए प्रेरित करती है। कई बार कई बातें बिना कहे भी अभिव्यक्ति पा जाती हैं। यह कहानी इसी ओर इशारा करती है।

आरिशिमा ताकेओ ने बच्चों के लिए कम ही लिखा। 'आरु ओन्ना' (1919) इनका एक प्रसिद्ध उपन्यास है। ताकेओ प्रगतिशील विचारधारा के लेखक थे।

सन् 1916 में पत्नी के देहांत से इनको काफी गहरा सदमा पहुँचा।

सन् 1918 में इन्होंने 'चीसाकी मोनो ए' कहानी की रचना की जिसमें पत्नि को खोने के बाद बच्चों के साथ बीती जिंदगी की कष्टदायक झलकियाँ, यादें, माँ के अभाव में बच्चों की मन:स्थिति और भावनाओं का हृदयस्पर्शी चित्रण है।

अंगूर का गुच्छा

मूल शीर्षक : हितो फुसा नो बुदो, 1920
स्रोत : शोनेन शोजो निहोन बुनगाकुकान
5, कोदांशा, तोक्यो, 1986, पृष्ठ 211–23

बचपन में मुझे चित्र बनाना अच्छा लगता था। मेरा स्कूल यामानोते नामक जगह पर था, जहाँ केवल यूरोपवासी रहते थे। स्कूल के अध्यापक भी यूरोप के ही थे। इस तरह, स्कूल से आते-जाते वक्त भी हमेशा मैं उस समुद्र-तट से गुजरता जहाँ यूरोपीय कंपनियाँ और होटल एक कतार में बने थे। समुद्र के साथ-साथ जाती सड़क पर खड़े होकर मैं एकदम नीले समुद्र में अनेक युद्ध और व्यापारी जहाज एक कतार में खड़े जिनकी चिमनियों से धुआँ निकलता रहता और मस्तूलों के एक ओर से दूसरी ओर तक तमाम दुनिया के झण्डे लगे रहते। बस, यूँ कहिए कि आँखों को आश्चर्यचकित करने की हद तक, मनोहर दृश्य होता था। समुद्र-तट पर खड़े होकर मैं जितना भी नजारा देखता, उसे आँखों में उतार लेता और घर आकर उस खूबसूरत दृश्य को चित्र में उतारने की कोशिश करता; परन्तु पारदर्शी समुद्र का वह गहरा नीला रंग और पानी के किनारे के पास के सफेद पाल-जहाज का गहरा एवं सुस्पष्ट लाल रंग को हूबहू अपने रंगों से रंग पाने में मैं असमर्थ रहता। बार-बार कोशिश करने पर भी मैं वह रंग न ला पाता जो सचमुच के दृश्य में

देखता।

अचानक मुझे स्कूल के दोस्त के यूरोपीय रंगों का खयाल आता। दोस्त भी तो यूरोप का ही था। ऊपर से मुझसे दो साल बड़े होने के कारण उसका कद भी इतना ऊँचा था कि उसको देखने के लिए नजर ऊपर करनी पड़ती थी। उसका नाम जिम था। उसके पास सभी रंग विदेशी थे। बारह रंग, एक हलके लकड़ी के डिब्बे के अन्दर इस तरह चौकोर ढंग से सटे रहते कि एकदम चीन की स्याही की तरह लगते। दो पंक्तियों में रखे वे सभी रंग खूबसूरत थे। खास तौर पर नीले और लाल रंग की खूबसूरती तो आश्चर्यचकित कर देने वाली थी।

हालाँकि जिम का कद मुझसे लम्बा था परन्तु चित्र बनाने में वह एकदम फिसड्डी था। फिर भी उसके पास जो रंग थे, उनसे तो बहुत बेकार चित्र भी इतना खूबसूरत हो जाता कि बस, देखते रहो। इसीलिए मुझे उससे ईर्ष्या होती।

मैं अपने गन्दे रंगों को देख-देखकर अपने मन का गुबार निकालता, ''मैं भी अपने बनाए समुद्र के दृश्य को वास्तव के समुद्र जैसा बनाकर दिखा सकता हूँ—बस, कमी है तो उन खूबसूरत रंगों की।''

उस दिन से मैं जिम के रंगों को हासिल करने की इच्छा को दबा नहीं पाया; परन्तु न मालूम किस डर से मम्मी, पापा से भी नहीं कह पाया कि वे मेरे लिए वैसे ही रंग खरीद दें!

उन रंगो को पाने की तीव्र लालसा मैं केवल हृदय में सँजोए रहा। इस तरह कई दिन बीत गए।

मुझे याद नहीं कि वह कब की बात थी। शायद शरद की बात रही होगी क्योंकि वह अंगूर के फल पकने का वक्त था।

उस दिन आसमान दूर-दूर तक एकदम साफ था, जैसाकि अक्सर सर्दी के आने से पहले, शरद में होता है। हम लोगों ने अध्यापिका जी के साथ दिन का खाना खाया; परन्तु न जाने क्यों खाना खाने के वक्त, उन आनन्दित क्षणों के बीच भी, आसमान के ठीक विपरीत मेरा मन अँधेरे से घिरा और व्याकुल था। मैं किसी सोच में डूबा था। अगर किसी ने गौर किया होता तो जरूर मेरा मुरझाया चेहरा ही देखा होता। मैं जिम के रंगों को हासिल करने के लिए व्याकुल हो उठा। इस चाह को रोकना

अब मेरे बस में न था। यह सोचकर कि जिम भी जरूर जानता है कि मैं क्या सोच रहा हूँ, मैंने उसकी ओर नजर घुमाई; परन्तु वह तो बेफिक्र, मजे से बगल के छात्रों से हँस-हँसकर बातचीत कर रहा था।

परन्तु उसकी हँसी से लगा कि जैसे वह सब कुछ जानते हुए कह रहा हो, 'देखो, अभी वह जापानी मेरे रंगों को ले लेगा।'

मैं बहुत दु:खी हो गया। परन्तु मैं जितना सोचता कि जिम मुझे संदेह की निगाह से देख रहा है, उतना ही मैं उसके रंगों को हासिल करने को बेचैन हो उठता।

मेरा चेहरा भले ही स्वस्थ दिखता हो किन्तु मेरा शरीर और दिल दोनों ही कमजोर थे। डरपोक होने की वजह से मैं कुछ कहना चाहते हुए भी बिना कहे ही बात खत्म करने वालों में से था। इसलिए मुझे कोई प्यार नहीं करता था और न ही मेरा कोई दोस्त था।

दोपहर का खाना खत्म हुआ तो और बच्चे तेजी से खेल के मैदान में भागते हुए गए और खेलने लगे। उस दिन केवल मैं ही अकेला और बहुत ही उदास हो, कक्षा में रह गया था। बाहर जितनी चमक थी उतना ही अंधकार अन्दर था–बिलकुल मेरे अन्तर्मन के समान। कुर्सी पर बैठे-बैठे योंही मेरी नजर कभी-कभार जिम की मेज की ओर दौड़ जाती थी, जिस पर नटखटपने में चाकू से तरह-तरह की लिखावट गढ़ी हुई थी। मैले हाथों से जब मैंने एकदम काली पड़ी मेज को खोला तो अन्दर एक ओर किताबें, कॉपियाँ, स्लेट एक साथ रखे थे और दूसरी ओर लकड़ी के रंग का, रंगों का डिब्बा था जो मिसरी की तरह लग रहा था। डिब्बे के अन्दर छोटी-छोंटी चीन की स्याही के आकार का गहरा नीला और लाल रंग...। मुझे लगा, जैसे मेरा चेहरा लाल हो गया हो! अनायास ही मैं दूसरी ओर देखने लगा।

किन्तु तुरन्त ही मैं तिरछी निगाह से जिम की मेज को देखने के लिए बेचैन हो उठा। घबराहट के कारण छाती में असहनीय पीड़ा होने लगी। हालांकि मैं बैठे हुए ही था परन्तु बेचैनी मुझे ऐसे घेर ली थी, जैसे सपने में कोई राक्षस पीछा कर रहा हो!

तभी कक्षा में जाने के लिए घंटी बजने लगी। मैं एकाएक घबराकर खड़ा हो गया।

खिड़की से, छात्र लोग जोर-जोर से हँसते-चिल्लाते हुए गुसलखाने में हाथ धोने के लिए घुसते दिखे। अचानक सिर के अन्दर बर्फ जैसा ठण्डा एवं अप्रिय-सा महसूस कर, काँपते-काँपते मैं जिम के मेज के पास जा पहुँचा। अर्द्धस्वप्न अवस्था में मेज के ढक्कन को ऊपर उठाया। वहाँ कॉपियाँ, रंग का डिब्बा बिलकुल मेरी कल्पना के मुताबिक रखे पड़े थे। न मालूम क्यों, मैंने इधर-उधर बिना सोचे-समझे ही नजरें घुमाईं और जल्दी से डिब्बे का ढक्कन खोल नीला और लाल रंग अपनी जेब में घुसा लिया। फिर तेजी से वहाँ तक भागता चला गया जहाँ हमेशा लाइन लगाकर अध्यापिका जी की प्रतीक्षा की जाती थी।

हम लोग नौजवान अध्यापिका के साथ कक्षा में प्रवेश किए और अपनी-अपनी जगह बैठ गए। मैं जिम के चेहरे के हाव-भाव देखने को बेचैन था, लेकिन मैं उसकी ओर देखने में बिलकुल नाकामयाब रहा। माहौल से ऐसा नहीं लग रहा था कि मेरी हरकत किसी को पता चली हो इसलिए मैं कुछ बुरा और कुछ राहत महसूस कर रहा था। प्रिय अध्यापिका की बातें कानों में तो पड़ रही थीं परन्तु मेरी समझ में कुछ नहीं आ रहा था। अध्यापिका जी भी कभी-कभी अजीब ढंग से मेरी ओर देखतीं।

परन्तु, सिर्फ़ आज, अध्यापिका जी की आँखें देखना मुझे अच्छा नहीं लग रहा था। इस तरह एक घंटा बीत गया। यह एक घंटा तो बीता, परन्तु इस दौरान यही लगा कि सभी गुप्त रूप से कुछ बातें कर रहे हैं।

कक्षा खत्म होने की घंटी बजी तो मुझे कुछ राहत मिली और मैंने गहरी साँस ली; परन्तु, अध्यापिका के जाने के बाद, कक्षा में सबसे बड़े और योग्य छात्र ने मुझे कोहनी से पकड़ा और कहा', "जरा इधर आना।"

मेरी अचानक धड़कन बढ़ गई और मैं इस तरह काँपने लगा जैसे गृह-कार्य न लाने के वक्त अध्यापिका जी के द्वारा पुकारे जाने पर होता है। किन्तु किसी भी तरह मुझे जहाँ तक हो सके अनभिज्ञ होने का नाटक तो करना ही था, इसलिए जानबूझ कर ऐसा चेहरा बनाए रहा, जैसे कुछ हुआ ही न हो और खेल के मैदान के कोने तक उसके साथ जाने को

मजबूर था।

"तुम्हारे पास जिम के रंग हैं, निकालो उन्हें..." कहते हुए उसने मेरे सामने हथेलियाँ फैला दीं।

उसके ऐसा कहने पर, उल्टा मैं स्थिर हो, यों ही बोल पड़ा, "ऐसी कोई चीज मेरे पास नहीं है।"

जिम तीन-चार दोस्तों के साथ मेरे सामने आया और काँपते हुए स्वर में बोला, "दोपहर की छुट्टी होने से पहले मैंने अपने रंग ठीक से जाँचे थे और एक भी गुम नहीं हुआ था। सभी रंग मौजूद थे। फिर दोपहर की छुट्टी खत्म होने के बाद पाया कि दो रंग गायब हैं। क्या यह बात सच नहीं कि उस वक्त केवल तुम ही कक्षा में रह गए थे?"

'अब तो दाल नहीं गलेगी'..., यह सोच मेरे शरीर के अन्दर खून की लहर दौड़ी और चेहरा एकदम लाल हो गया। फिर अचानक वहाँ खड़े एक छात्र ने मेरी जेब में अपना हाथ डाल दिया। मैंने रोकने की भरपूर कोशिश की परन्तु इतने लोगों से भला कैसे जीत पाता! मेरी जेब से एक मार्बल बॉल, एक सीसे का खिलौना, और साथ में दो रंग भी पकड़ में आ गए।

जैसे कह रहे हों, 'देखो!' सभी बच्चे घृणित भाव से मुझे घूरने लगे। मेरा शरीर थर-थर काँपने लगा और आँखों के आगे अँधेरा छाने लगा। हालाँकि अच्छा मौसम था, सभी छुट्टी में मजे से खेल रहे थे, केवल मैं ही था जो अन्दर से टूट चुका था। ऐसा क्यों किया था मैंने?

अब तो करनी को मिटा भी नहीं सकता। कुछ भी नहीं हो सकता था अब। पहले से ही डरपोक, मैं अन्दर से सूनापन महसूस कर दुखी हो गया और सिसकियाँ भर-भरकर रोने लगा।

"रोकर डराओ मत," सबसे योग्य बालक ने मुझे बेवकूफ करार देते हुए घृणित भाव से कहा और सभी मिलकर खींचते हुए मुझे पहली मंजिल पर ले जाने की कोशिश करने लगे।

मैं वहाँ से हिलने का नाम न ले रहा था। अन्ततः सभी की ताकत के सामने मुझे हार माननी पड़ी और सीढ़ी से मुझे ऊपर ले जाया गया। वहाँ पर कक्षा की अध्यापिका का कमरा था जो मुझे अत्यंत प्रिय थीं।

जिम ने तुरन्त कमरे का दरवाजा खटखटाया। दरवाजा खटखटाने का

मतलब तो जाहिर ही था कि अन्दर आने की इजाजत माँगनी थी।

अन्दर से अध्यापिका की सुशील आवाज आई, "अन्दर आ जाइए।"

उस कमरे के अन्दर जाते वक्त आज मुझे जितना बुरा लगा, शायद ही ऐसा कभी लगा हो।

कुछ लिखने में व्यस्त अध्यापिका इस तरह भीड़ की शक्ल में हम लोगों को देखकर थोड़ा आश्चर्यचकित-सी हुईं। मर्दों की तरह गर्दन तक कटे बालों पर दाहिना हाथ फेरते हुए हमेशा की तरह सुशील चेहरे को हमारी ओर मोड़ गर्दन इस तरह झुकाई, जैसे पूछ रही हों कि आखिर हुआ क्या है! इस पर सबसे काबिल और बड़ा बच्चा सामने आया और जिम के रंग लेने की पूरी हरकत को अध्यापिका के सामने बयान कर दिया। अध्यापिका ने थोड़ा उदास और गंभीरता से सभी के चेहरे को देखा और फिर मेरे रुआँसे-से चेहरे को देखते हुए उन्होंने मुझसे पूछा, "क्या यह सच है?"

बात तो सच थी, परन्तु अध्यापिका जी को यह सब मालूम हो जाना मेरे लिए बड़ा कष्टदायक था, इसलिए जवाब दिए बगैर ही मैं रोने लगा।

अध्यापिका जी थोड़ी देर तक मुझे देखती रहीं, फिर छात्रों की ओर मुड़कर शांत भाव से बोलीं, "अब तुम लोग जा सकते हो।"

छात्रों को यह बात कुछ अटपटी-सी लगी, फिर भी वे तेजी से नीचे उतरते हुए चले गए।

अध्यापिका जी थोड़ी देर तक चुपचाप बिना मेरी ओर मुड़े अपने नाखूनों को देखती रहीं, फिर अचानक शांत भाव से उठकर मेरे कंधों को दबाते हुए मध्यम स्वर में बोलीं, "क्या वे रंग तुमने लौटा दिए?"

मैंने जोर से गर्दन झुकाकर हामी भरी, क्योंकि मैं अध्यापिका जी को स्पष्टता से बताना चाहता था कि वे रंग मैंने लौटा दिए हैं।

"क्या तुम समझते हो कि जो कुछ भी तुमने किया, वह एक घिनौना काम था?"

अध्यापिका जी ने इस वक्त भी जब शांतिपूर्वक पूछा तो मुझसे रहा न गया। थर-थर काँपते हुए, जीभ को दाँत से काटते हुए लाचार हो मेरा रोना फूट पड़ा और आँखों से आँसुओं की बौछार होने लगी। अध्यापिका जी से अपने कंधे पकड़वाए अवस्था में ही मैं मर जाना चाहता था।

"तुम अब रोओ मत। अगर तुम्हें अपनी गलती का अहसास हो गया हो तो अब तुम्हें रोना बन्द करना चाहिए, ठीक है न? और हाँ, अगले पीरियड में अगर तुम न भी जाओ तो कोई बात नहीं। तुम मेरे कमरे में ही रहो। चुपचाच यहीं पर रहो। जब तक मैं कक्षा से लौट नहीं आती, तुम यहीं रहना।" यह कहते हुए उन्होंने मुझे लम्बी कुर्सी पर बैठाया।

उसी वक्त कक्षा शुरू होने की घंटी बज उठी। अध्यापिका जी ने मेज से किताबें उठा मेरी ओर देखा। मैं सिसकियाँ भरता रहा। पहली मंजिल की खिड़की तक पहुँच आई यूरोपीय अंगूर की बेल से एक गुच्छा तोड़ मेरे घुटने के ऊपर रखकर वह चुपचाप कमरे से बाहर निकल गईं।

एक घंटा शोरगुल मचाने के बाद, सभी बच्चे कक्षा में पहुँचते ही ऐसे चुप हो गए, जैसे सभी को साँप ने सूँघ लिया हो! मैं अकेलेपन से इतना दुखी हुआ कि बर्दाश्त के बाहर हो गया।

इतनी प्रिय अध्यापिका को परेशानी में डाल मैंने सचमुच एक बुरा काम किया था।

मुझे अंगूर खाने की इच्छा नहीं हुई, और मैं लगातार रोता रहा।

अचानक मेरे कंधे हलके से हिलने से मेरी आँखे खुल गईं। मैं अध्यापिकाजी के कमरे में न मालूम कब सो गया था! थोड़ी दुबली-पतली और लम्बी अध्यापिका मुस्कुराते चेहरे से मुझे देख रही थीं। शायद सोने की वजह से मुझे कुछ अच्छा महसूस हो रहा था। सब कुछ भूल, थोड़ा शर्म से मुस्कुराते हुए, घुटनों से गिरते अंगूर के गुच्छे को हड़बड़ी में मैंने पकड़ा तो तुरन्त मुझे वह दुखी बातें फिर से याद आ गईं और मैं निराश हो गया।

"इस तरह दुखी चेहरा मत बनाओ। अब सब लोग घर चले गए हैं। इसलिए तुम भी घर चले जाओ। पर हाँ, कल स्कूल जरूर आना। मैं तुम्हारा चेहरा नहीं देखूँगी तो निराश हो जाऊँगी... हाँ, जरूर निराश हो जाऊँगी..." कहते हुए अध्यापिका जी ने मेरे बस्ते के अन्दर चुपचाप वह अंगूर का गुच्छा रख दिया।

तट के रास्ते समुद्र और समुद्री जहाजों को देखते-देखते उदास मन घर लौटा।

मैं स्वादिष्ट अंगूरों को रास्ते में ही खा गया था।

दूसरा दिन आया तो मुझे स्कूल जाने का बिलकुल मन नहीं हुआ। मैं सोचने लगा—काश, मेरे पेट में दर्द हो जाता या सरदर्द! लेकिन केवल वही दिन था कि कीड़े लगे दाँतों में भी बिलकुल दर्द नहीं हुआ। लाचार हो दुखी मन घर से निकल निरुद्देश्य चलने लगा। मुझे लगा, स्कूल के फाटक के अन्दर तो मैं जा ही नहीं पाऊँगा। अध्यापिका जी की कल की बातें याद आ गईं। मैं उनका चेहरा देखने को बेताब हो उठा। अगर नहीं गया तो अध्यापिका जी जरूर निराश हो जाएँगी। एक बार फिर वह मुझे अपनी सुशील निगाहों से देखें, बस, सिर्फ इसी तमन्ना से मैं स्कूल के फाटक के अन्दर घुसा।

देखें, वहाँ क्या हुआ! सबसे पहले तो जिम उछलते हुए इस तरह आया, जैसे बहुत देर से प्रतीक्षा कर रहा हो; और झट से उसने मेरा हाथ पकड़ लिया।

मुझको अध्यापिका जी के कमरे में हाथों से खींचता हुआ प्यार से इस तरह ले जा रहा था, जैसे सब कुछ भूल गया हो! मुझे कुछ समझ नहीं आ रहा था। मैं तो सोच रहा था कि स्कूल जाऊँगा तो सब दूर से ही मुझे देख बुरा-भला कहेंगे—'देखो, झूठ बोलने वाला वह जापानी चोर आ गया !' परन्तु सबका इस तरह प्यार से पेश आना देख, मन विचलित-सा हो गया।

शायद अध्यापिका जी ने हम दोनों के पैर की आवाज सुन ली थी, इसीलिए हमारे खटखटाने से पहले ही उन्होंने दरवाजा खोल दिया। हम दोनों ने कमरे में प्रवेश किया।

"जिम, तुम अच्छे बच्चे हो। तुमने मेरी कही बातों को अच्छी तरह समझा है। जिम कह रहा था कि अब तुम्हें उससे माफी माँगने की भी जरूरत नहीं। दोनों अब अच्छे दोस्त बनो, यही मैं भी चाहती हूँ। अच्छा, चलो, अब दोनों हाथ मिलाओ।" अध्यापिका जी ने मुस्कुराते हुए हम दोनों को एक दूसरे के सामने किया। मैं ज़रा ज़्यादा ही ढीला पड़ जाने से घबराया। तभी जिम ने मेरे लटके हाथों को स्फूर्ति से खींच जोर से हाथ मिलाया। मैं अपनी खुशी को व्यक्त न कर पाया और सिर्फ़ शरमाता हुआ मुस्कुरा दिया। जिम भी मुस्कुरा रहा था।

अध्यापिका जी ने भी मुस्कुराते हुए मुझसे पूछा, "कल के अंगूर स्वादिष्ट थे क्या?"

मेरा चेहरा लाल हो गया। सच कहने के अलावा मेरे पास कोई चारा नहीं था और मैंने झट से कहा, "हाँ!"

"ऐसी बात है तो और देती हूँ...।" कहकर उन्होंने बिलकुल सफेद लिनेन की पोशाक से ढके शरीर को खिड़की से आगे की ओर बढ़ाया और एक गुच्छा अंगूर का तोड़ा। अपनी सफेद बाईं हथेली में पूरी तरह फले जामुनी रंग के गुच्छे को रख एक पतली लम्बी चाँदी के रंग की कैंची से बीच से काट मुझे और जिस्म को दिया।

बिलकुल श्वेत हथेली में पके जामुनी रंग के अंगूर के दानों की खूबसूरती मैं आज तक भुलाए नहीं भूलता।

तत्पश्चात मैं थोड़ा अच्छा बच्चा बन गया और मेरी झिझक भी थोड़ी कम हो गई।

किन्तु मेरे लिए अहम बात यह थी कि वह मेरी प्रिय अध्यापिका कहाँ गई होंगी! यह जानते हुए भी कि मैं कभी उनसे दुबारा नहीं मिल सकता, इच्छा होती कि काश, कभी उनसे मिलता! शरद आने पर तो हमेशा ही अंगूर के गुच्छे जामुनी रंग में फूलते-फलते; परन्तु उन्हें समेटने वाले सफेद संगमरमर के खूबसूरत हाथ कहीं नहीं दिखते।

मात्सुतानी मियोको

(1926–)

मात्सुतानी मियोको का जन्म 15 फरवरी, 1926 में तोक्यो के कांदा नामक शहर में हुआ। त्सुबोता जोजी को ये अपना गुरु मानती हैं। इन्होंने लोककथाओं को मुख्यरूप से अपनी रचनाओं का आधार बनाया।

इनकी मुख्य रचनाएँ हैं : 'काई नी नात्ता कोदोमो' (सीपी में बदला बच्चा, 1951), 'तात्सु नो को तारो' (ड्रैगन का पुत्र तारो, 1960), 'फुतारी नो ईदा' (दो ईदा, 1969)।

सन् 1951 में 'काई नी नात्ता कोदोमो' के लिए बाल साहित्य-संस्थान 'नवागत पुरस्कार' मिला। सन् 1960 में इनकी रचना 'तात्सु नो को तारो' को अंतर्राष्ट्रीय ऐण्डर्सन पुरस्कार और सन् 1964 में 'चीसाइ मोमो चान' पर नोमा बाल-साहित्य कला पुरस्कार प्रदान किया गया।

'तात्सु नो को तारो' को जापान के सर्वश्रेष्ठ बाल-साहित्य पुरस्कार 'आकाई तोरी' से सम्मानित किया गया।

मात्सुतानी मियोको तत्कालीन जापान की अग्रणी बाल-साहित्य रचनाकार हैं।

एक और काली बिल्ली

मूल शीर्षक : कुरो नेको योनदाई, 1960
स्रोत : शोनेन शोजो निहोन बुनगाकुकान
5, कोदांशा, तोक्यो; पृष्ठ 132–67

1. एक बिल्ली और दो हाथी

"क्या तुम इस काली बिल्ली को अपने घर ले जा सकती हो?" सर्दी के एक दिन चित्रकार हिराई जी ने जब यह प्रस्ताव रखा, तब हमारी शादी को अभी एक महीना भी नहीं हुआ था।

वाकई! हर एक दृष्टि से चहल-पहल वाला घर है हिराई जी का।

स्टुडियो के बीचोबीच सिर्फ एक जलता स्टोव था। चारों ओर से हिराई जी, उनकी पत्नी और पाँच साल की काजुको बैठे थे। कुत्ता, बिल्ली, खरगोश दौड़ते हुए उनकी परिक्रमा कर रहे थे। इनके पास रखे पिंजरे के अन्दर बन्दर, गिलहरी और कबूतर खेल रहे थे। तभी खरगोश उछलते-कूदते नाली के पास रखी बाल्टी का पानी पीने आया। नकल करते पीछे-पीछे बिल्ली भी वहाँ आ धमकी। और अंत में हिराई जी ने उसी बाल्टी के पानी से कॉफी बनाकर हमें पिलाई। इस तरह यह एक बिलकुल अनोखा घर था।

अब तो परिवार की संख्या भी बढ़ गई थी। काली बिल्ली इधर-उधर भाग-भागकर उधम मचाए हुए थी। वह शरीर के हर एक

हिस्से से पूरी तरह काली थी। बस, एक आँख ही बची थी, जो सुन्दर हरे रंग की थी। ऐसा लगता था, जैसे कीमती पत्थर पन्ना जड़ा हो!

"यही बिल्ली है, जिसकी मैं बात कर रही थी; किन्तु खाती जरा ज्यादा ही है। पहले से रह रही बिल्लियों की तो नाक में दम कर रखा है इसने। क्या एक बिल्ली तुम ले जा सकती हो? कहते हैं, बिल्ली का घर पर रहना ऐसा है, जैसे खाने की मेज पर गुलदस्ता! बहुत शुभ होती है यह! हाँ, नाओको, सुना है कि तुम्हारा तो शरीर भी कमजोर है। काली बिल्ली बीमारी से रक्षा करने वाली भगवान कहलाती है, इसलिए इसको रखना तुम्हारे लिए तो और भी सही रहेगा।"

हिराई जी ने खूब सिफारिश की तो आखिरकार हम लोग भी राज़ी हो गए। किन्तु यह क्या! हम उसे डिब्बे में डालकर ले जाने ही वाले थे कि एक मुसीबत आ खड़ी हुई। काजुको डिब्बे से इस तरह कस कर लिपट गई कि उसे छोड़ने का नाम ही नहीं ले रही थी। उसकी आँखें भी भर आई थीं। यह सब देख हमारा भी दिल भर आया। आखिरकार, उस दिन हम लोगों को खाली हाथ ही लौट आना पड़ा।

दो-तीन दिन बाद जब हम हिराई जी के यहाँ गए तो मैंने काजुको को अपनी बाँहों में जकड़ लिया।

"सुनो प्यारी काजुको, दीदी को वह काली बिल्ली बहुत पसन्द है। दे दो न दीदी को।"

परन्तु काजुको ने साफ मना कर दिया।

"उसके बदले में अगर मैं हाथी दूँगी तो भी नहीं दोगी?"

"हाथी? यानी कि वही बड़ी नाक वाला?"

"हाँ, वही! मैं तुम्हें दो हाथी दूँगी। तो चलो, काली बिल्ली से बदलते हैं!"

"हूँ।"

काजुको को शायद हाथी की बात पसन्द आ गई; इसीलिए अन्त में वह मान गई।

तुरन्त मैंने बिल्ली के लिए लाया हुआ डिब्बा निकाला, "लो, इसके अन्दर हाथी हैं।"

काजुको ने अचरज-भरी निगाहों से डिब्बे को खोलकर देखा। डिब्बे

के अन्दर एक और डिब्बा था और उसके ऊपर रिबन बँधा था। डिब्बे को खोलते ही काजुको खुशी के मारे चिल्ला उठी।

"वाह, हाथी! ये तो चॉकलेट के दो हाथी हैं!"

इस तरह काली बिल्ली जो वास्तव में एक बिलाव था, हमारे घर का सदस्य बन गया। उसका नाम हमने तारो रख दिया। घर में पहुँचते ही उसने सबसे पहले बर्तन के ढक्कन खोले। फिर उनमें गर्दन घुसेड़–घुसेड़कर अपने पेटू होने का सबूत दे दिया।

तो, इतना पेटू था तारो...?

2. माँ के रूप में तारो

आधे साल में ही काला बिलाव तारो भी काफी बड़ा हो चला। उसकी अधिक खाने की आदत अभी भी नहीं बदली। अगर दूध की बोतल शेल्फ के ऊपर रखी होती तो वह नीचे से अपने बदन को लम्बा कर उस तक पहुँचने का प्रयास करता और म्याऊँ–म्याऊँ रोता। उसको जरा ज्यादा ही भूख लगती थी। कई बार तो राखदानी के सामने भली भाँति बैठ, आगे के पंजों से सिगरेट के टुकड़ों को छाँटता। उसकी यह चोरी पकड़े जाने पर हमारा यह कहना कि 'ओह! यह क्या कर रहे हो', शायद उसे समझ में आ जाता और हड़बड़ी में राखदानी के एकदम नीचे से शकरकंदी की पूँछ ढूँढ़ निकाल लाता और ऐसे चबाने लगता, जैसे बड़ी स्वादिष्ट हो!

उसकी यह हरकत कभी–कभी मुझे और मेरे पति को विचलित कर देती थी।

परन्तु यह देखा जाए कि अगर तारो मनुष्य होता तो अभी वह माध्यमिक विद्यालय के तीसरे साल का छात्र होता और इसलिए उसका पेटू होना लाज़मी था।

लेकिन इसी बीच एक घटना ऐसी घटी जिससे तारो की अत्यधिक भूख की ललक अचानक खत्म हो गई।

वह गर्मी के दिन की बात है। बगीचे से किसी बिलौटे के करुणामयी स्वर 'पी–पी' सुनाई दिए। पास जाकर देखने पर पता चला कि किसी ने सफेद बिलौटे को नाली में फेंका हुआ था, जो मिट्टी से लथपथ था।

बहुत ही दयनीय स्थिति होने से मैंने उसे पकड़कर ऊपर उठा लिया। अभी नहलाने ही वाली थी कि तारो दौड़कर आ गया। अनायास ही मेरे मुँह से सख्ती के शब्द निकले, "तारो, खबरदार, जो उसे छेड़ा!"

अचंभित हो तारो वहीं खड़ा का खड़ा रह गया। अपनी गोल-गोल आँखों से उसने बिलौटे को ध्यान से देखा, और घूरता रहा। कुछ क्षण में ही वह चुपके से पास आया और बच्चे को चाटने लगा—सिर की चोटी से लेकर छोटी-सी पूँछ तक।

लगभग एक घंटे बाद मैं ऐसे ही बरामदे में आई तो अचानक 'अरे!' शब्द मेरे मुँह से निकल आया।

मैंने देखा, तारो वहाँ आराम से लेटा था और एक कोमल-सा एकदम श्वेत बच्चा नाक को उसके पेट में गड़ाए चूँ-चूँ करता तारो के बालों को चबा रहा था।

बिल्ली का बच्चा तारो को माँ समझ बैठा। स्तन न होने के बावजूद पेट को चूसने से ही उसे इतना सुकून मिल रहा था कि मारे खुशी के कंठ बजाए चला जा रहा था।

"महान है तारो..."

मेरी आँखें नम हो गईं। कुछ देर पहले का नटखट तारो, इधर-उधर उछलता-कूदता तारो, पेटू तारो, इतना करुणामय भी होगा, मैंने सोचा तक न था। मुझे अपनी आँखों पर जैसे विश्वास नहीं हो रहा था। मैं एक इन्सान होते हुए भी, क्या एक अनजान और दुत्कारे बच्चे को इतनी करुणा दे पाऊँगी? यह सोच मैं शर्मिन्दा हो गई। उस दिन के बाद पेटू तारो ने अचानक अपनी भूखों जैसी हरकत को त्याग दिया। बिलौटा जब तक पेट भर न खा ले, वह अपने खाने को मुँह तक न लगाता। दूध जो उसे सबसे अधिक प्रिय था, तब तक नहीं पीता जब तक पास में बैठ एकटक बच्चे को पीते देख तसल्ली न कर लेता, या फिर बच्चा ऊब कर खुद पीना छोड़ न देता।

कभी-कभी बच्चा पीता ही रहता तो स्वाभाविक है कि इन्तजार करता तारो थक जाता। ऐसे में मेरी ओर मुड़कर 'म्याऊँ' कहकर अपना दुख जताता ।

इस तरह एक महीना बीता। सुबह, दिन, शाम—जब भी थोड़ा समय

मिला नहीं कि बिलौटा तारो के पेट को चूसने लगता। ऐसा करते-करते वह बड़ा हो गया; परन्तु....

एक दिन अचानक हालत कुछ बिगड़ गई। बिलौटा थककर चूर था। वह एक कदम भी आगे चल नहीं पा रहा था। अत्यधिक पसन्दीदा दूध आज उसने छुआ तक नहीं। इन बातों से अनभिज्ञ तारो पहले की तरह ही उसके शरीर को चाटता; पूँछ और सामने के पंजों को बार-बार बाहर निकाल खेलता।

"रुको, तारो ! देखो, बिलौटा बीमार है। खबरदार जो उसके पास गए !"

उस दिन मैंने तारो को कसकर डाँट लगाई और कमरे से उसे बाहर निकाल दिया। जबरदस्त नाराज तारो दीवार की ओर मुँह फेरे बैठा रहा। लेकिन मुझे उसकी चिन्ता करने की फुर्सत कहाँ ! मैं दौड़कर सिल्वर वाइन खरीद लाई। सुना है, बिल्ली की बीमारी में बड़ा लाभदायक होता है।

इस पौधे का सिर्फ नाम लेते ही या देखने से ही बिल्लियों की लार टपकने लगती है, किन्तु सिल्वर वाइन दिखाने से भी... बिलौटे ने न तो गर्दन हिलाई और न ही उसे चाटने की कोशिश की।

इस बीच धीरे-धीरे उसकी साँस भारी होती गई और अगले दिन सुबह से ही वह अपने नथुनों को झटकने लगा। ऐसी हालत देखकर सभी कहने लगे, "अब तो इसका बचना मुश्किल है।"

"तो क्या यह मर जाएगा?..."

मैं रुआँसी हो गई। मुझे न खड़े चैन, न बैठे।

"अगर बच्चा मर गया तो तारो..." तभी तारो 'म्याऊँ' बोलते हुए कमरे के अन्दर घुसा।

"बिलौटा बस मरने को ही है तारो! तुम्हें क्या इसकी फ्रिक नहीं? आखिर तुम हो भी तो बिल्ली जात! बच्चे की बीमारी इतनी बिगड़ गई और तुम्हें खबर तक नहीं?..." मैंने पूरा जोर देकर कहा।

परन्तु देखो कमाल! एक बूँद पानी पीने और चलने की क्षमता तक खो बैठा बच्चा, तारो की आवाज सुनते ही लड़खड़ाते हुए खड़ा हो गया और रेंगते हुए पास आकर 'च्यूँ, च्यूँ', करते हुए तारो के पेट को चूसने लगा—खुशी से कंठ बजाते हुए!

इस तरह बिलौटे की जान बची। फिर एक दिन कोई आकर उसे ले गया।

3. तारो के बाद आया नकली तारो

अगले दिन सुबह तारो अचानक लाड़-प्यार से बिगड़े बच्चे की तरह मेज के ऊपर रखे खाने के लिए चापलूसी करने लगा। इस पर मेरे पति को हँसी के फव्वारे फूट पड़े:

"यह क्या! पलक झपकते ही तुम्हारे बिगड़े बच्चे की पेटू हरकत वापस लौट आई!"

और यह सही भी था। फिलहाल ऐसी ही हरकत करने लगा था वह। बावजूद इसके, उस दिन की दोपहर से वह हमेशा के लिए कहीं चला गया।

'कहीं इसलिए तो नहीं चला गया कि उसका प्यारा चिरो किसी और को दे दिया गया था? हो सकता है, वह चिरो को ही ढूँढ़ने निकला हो?' मैं मन-ही-मन सोचने लगी।

पीड़ित मन मैं हमेशा तारो का इन्तजार करती रही। स्नानघर जाते वक्त पीछे से आता तारो, फूलों को लगाते समय साथ-साथ मिट्टी को खोदता-खेलता तारो-ऐसा तारो मेरी आँखों में लगातार घूमता रहा। मैं किसी भी तरह यह सोचने में असमर्थ थी कि तारो अब नहीं है।

पाँचवें दिन की शाम की बात है। हलकी-सी आवाज पर मैं पीछे पलटी, "ओह, तारो! आखिर तुम आ ही गए! लेकिन इतना पतला तो..." जैसे ही जोर से पुकारते हुए उसे छाती से लगाने को हुई कि मैं हक्की-बक्की रह गई।

"ओह, यह तारो नहीं है...इसकी तो आँखें लाल हैं!"

यह बिलाव तारो जैसा एकदम काला था परन्तु गले पर केवल उँगली की नोक के बराबर का सफेद चिन्ह, ताँबे जैसी आँखें, और पूँछ थोड़ी मुड़ी हुई थी। ऊपर से मुझे देखकर उसकी 'म्याऊँ' की आवाज बहुत घृणित और कर्कश थी! उन लचीली और सुन्दर कीमती पत्थर की तरह आँखों वाले तारो से तो जमीन-आसमान का फर्क था।

"तुम कहाँ से आए हो? क्या हमारे तारो को नहीं जानते? या फिर

तुम्हें तारो ने ही भेजा है यहाँ? कहा होगा, तुम मेरे ही जैसे काले हो, इसलिए मेरी जगह चले जाओ उस घर। जरूर तुम्हें प्यार करेंगे वे लोग।''

यह काला बिलाव मेरे यह सब कहने से कायरों की तरह डर तो रहा था, परन्तु लौटने का नाम तक नहीं ले रहा था। ऐसे करते-करते रात हो आई और वह मेरे ही घर पर ठहर गया। काले बिलाव के चले जाने के बाद एक और काला बिलाव आ गया। इसका नाम मैंने 'नकली तारो' रख दिया।

नकली तारो व्यवहार में भी एकदम नकली था। शत-प्रतिशत निरुत्साहित था यह बिलाव। सामान्यत: मेरा बगीचा लम्बा-चौड़ा था, इसलिए तरह-तरह की बिल्लियाँ यहाँ आती रहती थीं। उनके पास रोज आने वालों में नाई की दुकान की पेन और सब्जी की दुकान की मिके थी। पेन अगर अपने पिछले पंजों में खड़ी हो जाए तो सफेद-काले चित्ती बनी बिलकुल पैंग्विन की तरह लगती। वह नाई की दुकान की थी। इसीलिए तो चमाचम चमकती थी और लगता था, जैसे इत्र लगाई हो! ऊपर से आवाज इतनी सुरीली कि मानो बेरिटन संगीतज्ञ की हो। अगर बिल्लियाँ संगीत-समारोह में चली जाएँ तो निश्चित ही अव्वल दर्जा लाएँगी। पेन की दोस्ती मिके से थी जो लचीली और ज्यादा ही जनाना मिजाज की थी। ये दोनों बिल्लियाँ अपना राज समझकर वहाँ खूब घूमतीं, लुढ़कतीं और छुप्पम-छुपाई खेलतीं। परन्तु उस वक्त भी नकली तारो बस बैठे-बैठे एकटक उनको देखता रहता। बारिश के दिन ये दोनों बिल्लियाँ जल्दी से आतीं और नकली तारो का भी खाना चट कर, भाग जातीं।

तब भी नकली तारो चुपचाप सिकुड़कर, पड़ा रहता।

इस नकली तारो की भी एक दोस्त थी। उसका नाम केम था। वह गन्दी, लावारिश, जनाना बिल्ली थी। रोयेंदार कैटरपिलर की तरह भद्दी। इसलिए सब केम से घृणा करते थे। वह होती तो नकली तारो घंटों पेड़ों पर चढ़ता और धूप सेंकते हुए खेलता।

''बेचारी उस बदनाम बिल्ली के साथ खूब दोस्ती है! है न?''

कभी-कभी दोनों पर दया खाकर मैं सूखी सार्डीन मछली खाने को फेंकती तो केम डरकर भाग जाती।

नकली तारो की ऐसी दयनीय हालत थी। परन्तु आधा साल बीता तो धीरे-धीरे उसकी चमक निखरने लगी। आँख का रंग भी साफ पीले रंग में बदल गया। देखते ही देखते उसने दुलारे बिलाव का स्थान ग्रहण कर लिया।

"अब तुम नकली नहीं बल्कि सचमुच के तारो हो," कहकर मैंने उसके सिर को थपथपाया।

इसके बावजूद एक दिन ऐसा आया कि पलक झपकते ही यह दूसरा काला बिलाव भी लापता हो गया।

4. पेटू कू

बिल्ली जात का जानवर अचानक क्यों कहीं लापता हो जाता है, मैं समझने में असमर्थ थी। उस दिन तक स्फूर्ति से उछल-कूद करता बिलाव अचानक ऐसे गायब हुआ कि फिर लौटकर नहीं आया। पहले सुन्दर काले रंग का बिलाव तारो गायब हुआ, उसके बाद नकली तारो के लापता हो जाने के कारण अब मुझे बिल्ली खरीदने का कोई शौक नहीं रहा।

"अब कभी भी मैं बिल्ली-विल्ली नहीं खरीदूँगी।"

यह कहते-कहते दस दिन ही बीते होंगे शायद। एक रात बिलकुल नजदीक से किसी बिल्ली के बच्चे की 'मी-मी' आवाज़ सुनाई दी।

'लगता है, फिर कोई फेंका हुआ बच्चा है!' मैंने मन-ही-मन कहा।

एकाएक मेरे दिल से आवाज आई कि देखो, तीसरी काली बिल्ली आ गई है। 'बेकार की बात है,' अपने को सँभालते हुए मैंने उस आवाज को नजरअन्दाज कर दिया, क्योंकि मैं अपना इरादा जानती थी कि ऐसा पागलपन मैं दुबारा करने वाली नहीं। जानबूझकर उस ओर ध्यान न दे मैं रसोईघर में बर्तन माँजने लगी।

'मी-मी' स्वर थोड़ा और नजदीक से आने लगे। अनायास ही मैंने पीछे पलटकर रसोईघर से सीधे पिछवाड़े में नजर डाली।

"ओ, केम! केम एक बच्चे को साथ लाई है।" इतना कहना था कि अचंभित हो अवाक् रह गई।

केम, नकली तारो की दोस्त; हाँ, वही भद्दी केम, काले बच्चे को

साथ लेकर आई थी।

तो क्या यह बच्चा नकली तारो का बच्चा है?

पिछवाड़े जाकर मैंने उस लड़खड़ाते काले बच्चे को उठा लिया। केम घबराकर पहले तो भागी, फिर खड़ी होकर 'म्याऊँ-म्याऊँ' करने लगी। उसकी परवाह किए बगैर मैं बच्चे का निरीक्षण करने लगी। एक कोने से दूसरे कोने तक पूरी तरह काले रंग के बीच गर्दन पर एक सफेद चिन्ह था। पूँछ मुड़ी थी। आँखें तांबे की तरह थीं। अब तो पक्का विश्वास हो गया कि बच्चा नकली तारो का ही है।

"सुनो केम, तुम बच्चे को यहाँ क्यों लाई हो? पिता जी से मिलवाने या फिर उसका पालन-पोषण करवाना चाहती हो?" मैंने सख्ती से 'म्याऊँ-म्याऊँ करती केम से पूछा।

उसकी रोनी सूरत देखने से ऐसा लगता था, जैसे वह कह रही है- 'मेरे बच्चे को लौटा दो,' या फिर ऐसा भी कि 'इसको किसी भी हालत में लावारिश न होने देना।'

कुछ भी हो, मैं नकली तारो के बच्चे को किसी भी हालत में छोड़ने के मूड में न थी। इसलिए सीने से लगाए उसे अन्दर लाई और कहा, "हमारे घर का बच्चा बनना है तुम्हें।"

रात भर केम रोती रही; परन्तु दूसरे दिन पता नहीं कहाँ चली गई!

उसके अगले दिन सुबह आँखों से खून बहाते, लँगड़ाते.लड़खड़ाते हुए वह आई। क्या मालूम, उसे बच्चे की याद है भी या नहीं! बस, एक नजर मेरी ओर डाल चुपके से बगीचे को पार करती चली गई।

"लड़ाई थी। हाँ, जरूर बिल्लियों की लड़ाई। इसीलिए तो बच्चे को यहाँ छोड़ गई!" मेरे पति ने बताया।

"बिलकुल!" मैंने भी हाँ-में-हाँ मिलाया। अगर लड़ाई नहीं भी थी तब भी भद्दी केम की ऐसी दुर्दशा से मेरे ऊपर अजीब-सा प्रभाव पड़ा।

"छोटी बच्ची बिल्ली! आखिर क्या हुआ होगा? माँ आई भी थी और..."

मगर जैसे ही मैं घर के अन्दर घुसी तो देखा कि छोटी बिल्ली कहीं नहीं है। बरामदे के एक कोने में रखी बड़ी अंगीठी के पीछे मैंने झाँककर देखा। उस अँधेरे कोने में बच्ची गोल मटोल होकर सो रही थी-भूल

से छूटी ऊन की गठरी की तरह!

यह बिल्ली भी पाँचवें दिन से ही घर के अन्दर घूम-घूम बड़े हिम्मत से उधम मचाने लगी। छोटी-सी पूँछ उठाकर आनंदित हो खेलती। अंगूर का एक दाना भी नीचे लुढ़कता तो खुशी के मारे खूब उछलती-कूदती। कभी-कभी तो अपनी परछाई से खेलती हुई कलाबाजी करती।

"मुझे यह बिल्ली पसन्द है। वाकई बहुत ज़िन्दादिल है!" अक्सर खेलने आती युकिचान अपने घुटने पर उसे बैठाते हुए बोली, "क्या नाम रखा है इसका?"

"कू[1]"

"कू?"

"देखो, सभी नाम तो कू से शुरू होते हैं; जैसे – पेटू, कालू और देखो, गर्दन में सफेद तारे की तरह चिन्ह होने से भालू दिखती है, इसलिए भालू का भी कू!"

"खाने का भी और न खाने का भी कू!" पति ने भी उसके बाद एक शब्द और जोड़ा।

"बड़ा अजीब-सा नाम है–कू। अरे वो, कू, कू! युकिचान को अनोखा नाम सुनकर इतनी हँसी आई कि वह हँसते-हँसते लुढ़कने लगी। कू मनुष्यों से तो प्यार पाती ही थी, बिल्लियाँ भी उसे कम पसन्द न करतीं। इसीलिए अनेक प्रकार की बिल्लियाँ यहाँ खेलने को आतीं।

उनमें से एक सफेद और काली बिल्ली, जो लगभग 'कू' के ही बराबर थी, रोज सड़क और एक छोटा पुल पार करके जरूर खेलने आती। उसका शरीर कमजोर था इसलिए लड़खड़ाते हुए चलती। बरसात के दिनों में बारिश थमते ही उसका ठुमकती चाल से इकट्ठा बरसाती पानी के पास आकर बैठना और कू का इंतजार करना बहुत ही प्यारा लगता। उसके अलावा पेन, मिके, बुची और तोरा, एक-एक कर आते और इकट्ठा खेलते। अचरज की बात यह थी कि केवल केम ही नजर नहीं आती।

"अचरज क्यों, केम तो उसी तरह मर गई होगी।" मैंने और मेरे

1 जापानी में पेटू, कालू, भालू, खाना, न खाना–ये सभी शब्द कू अक्षर से शुरू होते हैं: जैसे–कइशिम्बो, कुरोसुके, कुमा, कू और कुवाज़ू।

पति ने आपस में कहा।

परन्तु मजेदार बात तो तब हुई जब कू थोड़ा बड़ी हुई। अगर इन्सान होती तो इस समय प्राइमरी स्कूल की दूसरी कक्षा में होती। ऐसे ही एक दिन मैं बगीचे में गई तो हक्की-बक्की रह गई। मेरा बगीचा क्योंकि जरूरत से ज्यादा ही बड़ा था, इसलिए उसकी अच्छी तरह देख-भाल नहीं कर पाने से घास-फूस उग आई थी। घास के बीच एक जगह गड्ढा खोद कर कू और केम बैठे सूखी साउरी मछली खा रहे थे।

कू मछली के बड़े से शरीर पर अपने दाँत गड़ाए थी और केम सिर पर। ज्यादातर साउरी मछलियों से एक अजीब गंध आती है इसलिए मैंने उसे बगीचे के एक छोर पर गाड़ दिया था। खैर, गड्ढा खोदने वाली कू थी या केम, यह तो मालूम नहीं, परन्तु वह दृश्य बेशक भाव-विह्वल करने वाला था। मनुष्यों की दुनिया के हिसाब से अगर कहा जाए तो बचपन में एक दूसरे से बिछुड़े माँ-बच्चे के मिलन का यह दृश्य किसी चित्रपट जैसा ही था।

बिल्ली के लिए मछली खाना तो स्वाभाविक था लेकिन केम का अपने बच्चे के पास इस तरह चोरी-छिपे आना देख, भाव-विभोर हो मन-ही-मन मैंने केम को प्रणाम किया।

5. मायावी है क्या कू ?

कू को संगीत बहुत अच्छा लगता था। बचपन से जब भी मैं गाना गाती तो वह गर्दन हिलाती, आँखें मटकाती, बस मेरे मुँह को देखती रहती। कभी-कभी मेज पर बड़ी कठिनाई से चढ़ बार-बार मेरे चेहरे को निहारती। तभी अचानक मुँह के अन्दर अपनी थूथन घुसेड़ देती। ऐसा वह इसलिए नहीं करती थी कि उसे गाना अच्छा लगता था, बल्कि इसलिए कि वह अपने मुँह के आकार का अंदाजा लगाना चाहती थी। साथ ही साथ हमें अपनी करतब दिखाने की उसकी इच्छा भी होती। यहाँ तक तो ठीक है लेकिन...

मेरे पति अक्सर दौरे पर रहते। लोककथाओं को एकत्र करने निकल पड़ते तो कभी-कभी लम्बे समय के लिए यानी एक महीना तक बाहर रहते। उनको उस समय भी आकिता गए बीस दिन से ऊपर हो चले

थे। मैं और कू ही घर पर अकेले रह रहे थे।

बसंत की शुरुआत की रात थी। मैं चटाई पर थाप लगाती ऊँचे स्वर में अपनी गायन मण्डली के साथ अभी हाल ही में सीखे गाने का अभ्यास कर रही थी: 'सूरज देवता चुपके.चुपके, बादलों के पीछे से चेहरा निकाल।'

अकस्मात् बगल में सो रही कू उठकर चटाई के ऊपर आई और गर्दन मटकाती मेरे चेहरे को लगातार देखती रही। आखिर में वह अचानक जीभ निकाल मेरे गाल चाटने लगी।

"कू!" उसकी शरारत पर मैंने उसे हलका चाँटा लगाया और फिर गाने लगी: 'इन्तजार था जिसका, वह बसंत आ गया...'

परन्तु कू की हरकत रुकी नहीं; बल्कि अपने मुँह में कुछ चबाती, बदन को रगड़ती, लाड़ली बच्ची की तरह 'आँ, आँ' करती मेरे स्वेटर से टँग गई। फिर पूँछ उठा, घुमाती हुई जमीन पर लुढ़क, पैर पटक-पटककर उधम मचाने लगी।

तभी युकिचान और उसके पीछे-पीछे आस-पास के जाने-पहचाने लोग वहाँ आ गए।

"अरे, कू को क्या हुआ?" किसी ने कहा।

अपना गाना रोक गर्व से सिर ऊँचा कर मैं बोली, "मजा आया न! मेरे सुरीले गीत सुन कू से चुपचाप बैठा नहीं गया। अच्छा होता अगर मैं गायिका बनती! देखो, बिल्ली तक प्रभावित हुए बगैर न रह सकी!"

"चलो, अब मैं गाकर देखता हूँ। कू, जरा गौर से सुनो।"

परन्तु कू दूसरी ओर देखती रही, जैसे उसने सुना ही न हो!

"देखा तुमने! इतना बेसुरा होने से नहीं चलेगा।"

"हो सकता है, कू को भूत चढ़ गया हो!" दबी आवाज़ में किसी ने कहा।

दो-तीन दिन बाद मेरे पति भी यात्रा से लौटे।

अब तो गुनगुनाने में भी मुझे सतर्क रहना पड़ता, क्योंकि मेरा गाना शुरू हुआ नहीं कि कू दौड़कर मेरे पैरों से लिपट जाती।

यह खबर जब मैंने अपने पति को सुनाई तो वे काफी प्रसन्न हुए।

"यह तो मजेदार बात है। लगता है, कू मायावी है। गाना सुनते ही

अगर बिल्ली नाचने लगे तो मतलब साफ है। आकिता में भी मायावी बिल्लियों की ढेर सारी कहानियाँ हैं। वहाँ ऐसी बिल्लियाँ लाल रंग की जैकेट, कोट पहन मदिरा खरीदने निकलती हैं।''

''इसका मतलब यह हुआ कि अगर कू को लाल रंग की जैकेट पहना दी जाए तो क्या वह भी मदिरा खरीदने जाएगी?''

''ऐसा हुआ तो बड़ा मज़ा आएगा। फिलहाल एक गाना गाकर देखो। शायद अब वह वैसा न करे क्योंकि मैं वापस आ गया हूँ।''

मैंने गाना शुरू किया। कू शायद इस वक्त बगीचे में थी। उसे मेरी आवाज सुनाई पड़ी नहीं कि वह दौड़कर आ गई। दरवाजे में बने छेद से अन्दर कूद वह मेरे घुटनों तक पहुँची, फिर प्यारी-सी आवाज निकाल बदन को रगड़ने, चाटने और काटने लगी।

''ओह, यह तो सचमुच कमाल हो गया!'' पति ने विस्मित हो कहा।

''अब मुझे समझ में आ गया। असल में तुम्हारी आवाज मनुष्यों की बजाय बिल्लियों से मेल खाती है। खास तौर पर तब, जब तुम गाती हो। कोई दूसरी बिल्ली खेलने आई है, इस गलतफहमी का शिकार हो, कू दौड़कर चली आती है। अरे हाँ, अच्छा रहेगा कि तुम बिल्लियों की संगीत-गोष्ठी में गाओ। खास तौर पर चाँदनी रात में गाओगी तो ढेर सारी बिल्लियाँ इकट्ठा हो जाएँगी...''

''बड़े निष्ठुर हो तुम!''

कहाँ बिल्लियों तक का प्रभावित होना और कहाँ केवल बिल्ली का प्रभावित होना...मुझे बड़ा गुस्सा आया और मैं आगे कुछ न बोली। गायकों के बीच तो एक तरफ, पेन वगैरह जैसी बिल्लियों की गोष्ठी में गाने को कहना अपमान नहीं है क्या?

मैंने कू के माथे पर दो-चार थप्पड़ जड़े और अपनी खीझ निकालते हुए धमकाया कि अब अगर वह अपनी हरकतों से बाज नहीं आएगी तो मैं उसे घर में नहीं रखूँगी, एदोगावा जाकर फेंक आऊँगी। जब भी थप्पड़ पड़ता, कू विस्मित हो गर्दन सिकोड़ लेती।

6. खूब डाँट पड़ी

मेरा गाना बन्द हुआ तो कू पहले की तरह नटखट हो गई। फिर गर्मी

की शुरुआत में मेरे प्रसव की तारीख भी थी इसलिए हर रोज बेचैनी से गुजरता। नवजात शिशु के कपड़े, रजाई की तैयारी वगैरह में एक के बाद एक काम निकल आता। ऊपर से पूछताछ करने वालों का ताँता भी लगा रहता।

वे आते तो एक बात जरूर कहते: 'देखो, बिल्ली बहुत खतरनाक होती है। वह अक्सर बच्चे के मुँह पर चढ़कर उसे मार देती है। इस तरह से बहुत लाड़-प्यार से पाली बिल्लियाँ भी बहुत खतरनाक होती हैं। बच्चा पैदा हो जाने से वह चिढ़ती है कि उसकी अब परवाह नहीं हो रही।'

जहाँ ऐसे दोस्ताना सुझाव आते, वहीं कोई यह भी पूछता कि 'बच्चे और बिल्ली में से कौन जरूरी है?' कुछ लोग कहते: 'यदि ऐदोगावा न भी छोड़ना हो तो जानवरों के लिए अत्याचार-बचाव संस्थाएँ हैं, वे ले जा सकती हैं। वे अच्छी तरह देखभाल करेंगी।'

इस तरह ठोस उपाय बताने वाले भी होते।

बिल्ली का खयाल आते ही चिन्ता के मारे मैं रात में भी नहीं सो पाती। 'अखबार की इस खबर को पढ़ लेना।' एक दिन माँ की चिट्ठी पहुँची। एक बिल्ली के द्वारा शरीर के ऊपर बैठ शिशु को मारने की खबर की कटिंग भी साथ में थी। परन्तु लोग कितना भी कहें, हथेली भर की छोटी उम्र से ही जिस जानवर को पाला-पोसा हो, उसे फेंकना तो लगभग असंभव है।

इस बीच दिन बीतते समय न लगा। रेशम के पेड़ पर फूल खिलने लगे थे और बच्चे के जन्म का दिन भी नज़दीक आ गया। विगत कुछ दिनों से कू स्पष्ट रूप से कमजोर दिखने लगी। वह न खाना खाती, न दूध पीती। वह सारा दिन गायब भी रहने लगी।

वह भी क्या समझती होगी कि सभी उसे अब आफ़त मानने लगे हैं? मैं एक हाथ में सिल्वर वाइन डला दूध की कटोरी उठा बगीचे में गई। शाम हो चली थी और सुहावनी हवा बह रही थी।

"कू, कू, कू!" पूरब-पश्चिम, हर दिशा में मैंने लगातार आवाज़ लगाई लेकिन कू का कहीं अता-पता न था।

कहाँ गायब हो गई होगी ? निराश हो मैंने अपने कदम पीछे की

ओर बढ़ाए ही थे कि आश्चर्य, कू साए की तरह चुपचाप मेरे पैरों के पास बैठी थी।

"अरे कू, कब आई? कहाँ थी?"

अपने भारी शरीर को बड़ी मुश्किल से सँभाल, एड़ी के सहारे बैठ मैंने कू के सामने दूध की कटोरी रखी; परन्तु कू ने मुँह तक न लगाया। मेरे दिमाग़ में अचानक एक खयाल आया और मैंने दूध को हथेली में डाल उसे पिलाना शुरू किया। बस, पच-पच करती उसने अपनी नन्ही जीभ से हथेली का सारा दूध पी डाला।

इस घटना के दो-तीन दिन बाद मेरे घर एक बच्ची ने जन्म लिया।

एकदम साफ और स्वच्छन्द दोपहरी थी। छितरे बादल पूरे आसमान में फैलने लगे।

'कू, ऐसा नहीं करो..., छी, गन्दा है!'

'कू, उधर जाओ...'

'कू-ऊ!'

बच्ची पैदा होने के बाद कू पर डाँट की बौछार होने लगी। खास तौर पर मदद करने आई मेरी माँ ने तो बस हद ही कर दी थी।

नवजात शिशु के हाथ-पाँव पेन्सिल की तरह पतले और शरीर इतना महीन और कोमल था कि एक भीगा कागज भी चेहरे पर रख दें तो जान चली जाए। उस नन्ही-सी जान को बचाने के लिए नानी बस कू को पागलों की तरह डाँटती रहती।

डाँट खा-खा कर कू सहमते-सहमते छोटी होती गई और इतना डरने लगी कि केवल हाथ ऊपर उठाने से ही भाग खड़ी होती। इसके बावजूद, कू खुद भी बहुत कुछ समझने लगी। बच्ची का बिस्तर जिस कमरे में रहता, वह उसमें अन्दर आने की कोशिश भी न करती। पहले तो उस कमरे में कू ही रात-दिन अपने हाथ-पाँव फैलाकर सोती थी; परन्तु जब से बच्ची पैदा हुई, कू ने उधर कदम तक न रखा। बच्ची को मेरा दूध पिलाना देख दुःखी भाव से 'म्याऊँ-म्याऊँ' कर रोती। इतना ही नहीं, अगर कभी-कभार बच्ची को दूसरे कमरे में भी सुलाया जाता तो वह ठिठककर रुकती और फिर डरते-डरते रास्ता बदल लेती।

"बिल्ली भी बड़ा ध्यान रखती है, है न!" माँ भी अनायास यह

कह हँस देती परन्तु तुरन्त ही डरावना चेहरा बना मुझे नसीहतें देती, "फिर भी, कुछ भी हो, आखिर है तो जानवर ही। किसी भी तरह की लापरवाही नहीं बरतनी चाहिए। मनुष्य के सामने एकदम आज्ञाकारी दिखने के बावजूद गैरहाज़िरी में न जाने क्या कर बैठे, कुछ पता नहीं चलता!"

माँ कुछ ज्यादा ही फिक्रमंद रहती, जिसकी वजह से बात बढ़ा-चढ़ा कर कहती। विशेषकर इसलिए भी क्योंकि हम दंपती कू को बिलकुल भी नहीं डाँटते। अगर मैं और मेरे पति भी 'कू, छीः, गन्दा', 'कू, उधर जाओ' कहते तो वह और सहम जाती। महसूस करती कि उसने कुछ गलती तो नहीं की? एक महीने के बाद माँ वापस चली गई। उसके बाद मैं कू से घबराने लगी।

एक दिन मेरे पति ने कहा, "मुझे फिर लगभग बीस दिनों के लिए दौरे पर जाना होगा। क्या करें, कू को किसी को दे दें?"

"हाँ, सही कह रहे हैं, मैं अकेली हो जाऊँगी तो...."

पति ने धीरे से कहा, "और फिर उस दिन जब तुम बच्चे के लिए लोरी गा रही थीं तो कू दरवाजे के बाहर खड़ी अन्दर आने के लिए बेचैन थी।"

"ऐं, सच....?"

आखिर में हमने कू को किसी को देने का फैसला कर ही लिया। चित्रकार हिराई दंपती तो पहले से ही कू को ले जाना चाहते थे, इसलिए उस शाम साइकल से कू को लेने आए। लोकाट लगे बड़े पिंजरे में कू को सोई अवस्था में डाल चित्रकार दंपती लगभग चार कि.मी. दूर अपने घर ले गए।

झील और नदियों के इलाके में उनका घर धान के खेतों के बीच राष्ट्रमार्ग की तरफ था।

"कू, अब तो तुम मेढकों के पीछे भाग-भागकर खेलोगी। वहाँ कबूतर भी हैं और खंजन भी," मैं बुदबुदाई।

7. फिर एक और काली बिल्ली...

इसके साथ हमारे घर की काली बिल्ली की तीन पुश्त का सिलसिला

भी खत्म हुआ।

बस, अब कू पानी के इलाके चली गई, मैंने यह मान लिया। मेरे पति दौरे पर गए तो मैं बच्ची के साथ अकेली बेफ़िक्र हो गा-गाकर उसे लोरियाँ सुनाने लगी।

परन्तु...वह फिर प्रकट हुई।

गर्मी खत्म होने वाली थी। एक दिन आस-पास अँधेरा हो चला था। धुँधलका कहें तो ज्यादा ठीक होगा। लड़की की देखभाल युकिचान पर सौंप मैं भागती हुई खरीदारी करने गई और दौड़ती हुई लौटी। मैं अभी पहुँची ही थी कि द्वार के बिलकुल नजदीक एक छोटी काली परछाईं दिखाई दी। मैं कुछ सोचती कि तभी 'म्याऊँ-म्याऊँ' करते हुए कोई चीज मेरे पैर के पास आ गई।

'अरे, फिर एक काली बिल्ली का बच्चा!' मैं स्तब्ध हो गयी। परन्तु इसका अब यहाँ आना ठीक नहीं, क्योंकि मैंने निश्चय कर लिया था कि फिर कभी बिल्ली घर में नहीं पालूँगी।

मुँह से भले ही इसका विरोध कर रही थी, परन्तु हाथ अनायास ही उसे उठाने के लिए उसकी ओर बढ़ रहे थे; भले ही वह दुबली-पतली और भद्दी क्यों न थी।

'केवल उठाकर देख लेते हैं।' मैं मन-ही-मन अपने-आपको सफ़ाई देती हुई दरवाजे पर जैसे ही पहुँची कि चिल्ला पड़ी, "युकिचान, देखो, फिर काली बिल्ली!"

"अईं, फिर आ गई! मुझे यह पसन्द नहीं।" युकिचान कूदती हुई आँखों को गोल-मटोल घुमाते हुए बोली।

"लेकिन यहाँ अँधेरा होने से मालूम नहीं चलता कि यह काली है या सिर्फ काले धब्बे! जरा बिजली जला कर देखती हूँ।"

द्वार बिजली की रोशनी से चमकने लगा। रोशनी में बिल्ली को ध्यान से देखा तो वह शत-प्रतिशत यानी सिर से पाँव तक एकदम काली थी। लेकिन जब उठाकर ग़ौर से उसका गला देखा तो मैं भौचक्की रह गई। उसके गले पर छोटी उँगली की नोक के बराबर सफेद तारे की तरह एक चिन्ह मौजूद था। बिलकुल कू के जैसा ही। या फिर कू के पिता नकली तारो के जैसा...

मैंने 'कू, कू' कहकर परखने की कोशिश की। पतली-दुबली बेजान बच्ची पूरे दम से मुँह खोल उत्तर देने लगी।

''आश्चर्य! यह बिल्ली तो जवाब भी दे रही है...''

उस शाम मैंने पति को पत्र लिखा :

'फिर से गले पर सफेद तारे की तरह सफेद चिन्ह वाली एक और काली बिल्ली हमारे घर आ गई है। तुम्हें विश्वास नहीं होगा परन्तु यह सच है। नवजात शिशु के लिए यह ठीक नहीं है, यह सोच कहीं फेंक आने की बात दिमाग में आई तो जरूर परन्तु युकिचान ने उसे पालने पर जोर दिया। अभी तो युकिचान एक महीने के लिए गाँव जा रही है परन्तु लौटने पर वह उसे रख लेगी। फिलहाल मैंने उसे स्वयं पालने का निश्चय कर लिया है। मैंने उसका नाम फिर से कू रख दिया। पहले इसका नाम नोमू (पीना) रखने लगी थी परन्तु खयाल आया कि नोमू-नोमू बुलाने से तुम्हें शराब पीने की इच्छा होगी। इस दुविधा से बचने के लिए मैंने अन्त में उसका नाम 'कू' ही रख दिया। आश्चर्य की बात है कि छोटी-सी बिल्ली किसी के सिखाए बगैर ही बच्ची के कमरे में प्रवेश नहीं करती है। यह देख सभी हैरान हैं।

इस वक्त यह दूसरे नम्बर की कू और चौथी पीढ़ी की काली बिल्ली है, जिसे अब 'पू' कहा जाने लगा है। यह स्फूर्ति से पूरे घर में घूमती फिरती है। कू का नाम पू हमारी नन्ही बेटी के द्वारा रखा गया। जीभ पूरी तरह न घूमने की वजह से वह पू-पू बोलने लगी थी। यह उसके सबसे पहले सीखे शब्द थे।

पू छोटी-सी बेटी की सचमुच बहुत अच्छी दोस्त है। सुबह आँख खुलते ही वह पुकारती है - 'पू... पू!'

बिस्कुट और ब्रेड भी पू के साथ खाती है। और वह अपने छोटे-से प्यारे हाथों से पू को थपथपाती है। परन्तु कभी-कभी या यूँ कहें कि अक्सर ही वह 'पू' की पूँछ खींच, उसकी आँखों में उँगलियाँ घुसेड़ 'वी, वी' चिल्लाती, उसके शरीर को पीटती हुई एकदम व्यग्र तरीके से पू के साथ खेलती है। उसके बावजूद पू एकदम नाखून नहीं निकालती। भागने की कोशिश भी नहीं करती बल्कि उसके खेल का साथी बनी रहती है। माँ होने के नाते मुझे यह बात कड़वी लगती है

कि बच्ची जब भी थोड़ा डाँट खाने पर रोती है तो 'पू, पू' पुकारती घूम-घूमकर उसे ढूँढ़ती हैं। बुखार आता है तो माँ-बाप को ढूँढ़ने की बजाय पू को ही पुकारती है। पू को उसके बगल में सुला दो तो उसके गले से हाथ लिपटाए एकदम बेफिक्र, प्यारी नींद लेती है। तारो से एक बार हारी मैं, फिर एक बार पू से भी हार गई।

हाँ, मैं लिखना भूल गई। पहले वाली कू जो 'पानी के इलाके' में दे दी गई थी, उसी दिन से लापता हो गई जिस दिन यह छोटी कू हमारे घर आई। इसे एक अद्भुत घटना ही कह सकते हैं। नहीं, वह लापता नहीं हुई बल्कि एक ट्रक से टक्कर खाकर मर गई। इस बात को एक साल हो गया था परन्तु मुझे हाल में ही पता चला। सचमुच छोटी कू के आने के दिन ही बड़ी कू मर गई थी। लगता है, सबने मुझसे यह बात छिपाई थी। जब मैं यह सोचने लगती हूँ कि कू की मौत का कारण मैं ही हूँ तो मेरा दिल बैठता चला जाता है। अब मैं सोचती हूँ कि इतनी हिली-मिली कू को अगर बाहर नहीं भेजते तो क्या अच्छा नहीं होता....?

'मेढक के साथ खेल सकती हो', यह बेहिचक कह दिया था मैंने। परन्तु मैं भूल गई थी कि उस नव-दंपती का घर तो राष्ट्रमार्ग की ओर है और वहाँ काफी भारी गाड़ियाँ आती-जाती रहती हैं।

मगर एक बात तो तय है कि कू का खून, नकली तारो का खून निश्चित ही पू की रगों में दौड़ रहा है। जब भी मैं धूप में बैठी भोली पू को देखती हूँ तो वंशानुक्रम के इस जीवन-चक्र को महसूस किए बगैर नहीं रह पाती।'

●●●

डा॰ उनीता सच्चिदानन्द द्वारा रूपान्तरित, अनूदित, सम्पादित व रचित और राजकमल प्रकाशन द्वारा प्रकाशित जापानी साहित्य

(मूल और अनूदित शीर्षक हिन्दी व जापानी में)

जापानी लोककथाएं : तसवीर का फेर

日本の民話:タスワィール カ フェール

1.	絵姿女房 (एसुगाता न्योबो)	1.	तसवीर का फेर (タスワィールカ フェール)
2.	猿地蔵 (सारु जिजो)	2.	नदी में देवता (ナディーメデワタ)
3.	やまた のおろち (यामाता नो ओरोची)	3.	छाए बादल (チャーエバダル)
4.	七夕 (तानाबाता)	4.	तानाबाता (タナバタ)
5.	一寸法師 (इस्सुनबोशी)	5.	इस्सुन बोशी (イッスンボシ)
6.	桃太郎 (मोमोतारो)	6.	मोमोतारो (モモタロ)
7.	古屋のもり (फुरुया नो मोरी)	7.	टप-टप गुम्बा (タプタプグッムバ)

जापानी लोककथाएं :लोमड़ी की जपमाला

日本の民話:ロムリーキージャプマラー

1.	天福地福 (तेन्बुकुजिबुकु)	1.	सपना सच हुआ (サプナサッチフア)
2.	鷹 鰕 鮫 (ताका एबी सामे)	2.	बड़ा कौन (バラコウン)
3.	狐の玉 の取り合い (खित्सुने नो तामा नो तोरिआइ)	3.	लोमड़ी की जपमाला (ロムリーキー ジャプマラー)

4.	木仏長者 (किबोतोके चोजा)	4. विश्वास का बल (ウィスワース カバール)
5.	宝下駄 (ताकारा गेता)	5. लुढ़कता खड़ाऊँ (ルラクタカラウン)
6.	五得の教え (गोतोकु नो ओशिए)	6. एक एहसान बढ़ा पांच मान (エクエヘサン バラパンチマン)
7.	鴇の卵 (तोकी नो तामागो)	7. बुज्जा का अण्डा (ブッジャーカアンダ)

पांच चोर

नीइमी नानकिचि

パンチ チョール

新美南吉

1.	花のき村と盗人たち (हानानोकिमुरा तो नुसुबितोताची)	1. पांच चोर (パンチチョール)
2.	おじさんのランプ (ओजीसान नो राम्पु)	2. दादाजी की लालटेन (ダダジキラルテン)
3.	ごんぎつね (गोन गित्सुने)	3. गोन लोमड़ी (ゴンロムリー)
4.	手袋を買いに (तेबुकुरो ओ काई नी)	4. दस्ताने (ダスタネ)

मेरी दीदी: ओका शूज़ो

メリーディーディー

丘修三

1.	ぼくのお姉さん (बोकु नो ओनेसान)	1. मेरी दीदी (メリーディーディー)
2.	歯型	2. दांतों के निशान

	(हागाता)		(ダントウケーニ シャン)
3.	首かざり (कूबी काज़ारी)	3.	माला (マラー)

वाशिंगटन पोस्टमार्च: ओका शूज़ो *
ワシングトンポスト. マーチ
丘 修三

1.	あざ (आज़ा)	1.	नीले धब्बे (ニレーダッベ)
2.	こおろぎ (कोओरोगी)	2.	झींगुर (ジーングル)
3.	ワシントンポスト マーチ (वाशिनटोन पोसुतोमाचि)	3.	वाशिंगटन पोस्टमार्च (ワシングトンポスト マーチ)

* अनुवाद योशिको ओकागुची , सम्पादन: डा॰ उनीता सच्चिदानन्द

राक्षस फूट-फूट कर रोया
हामादा हिरोसुके, त्सुबोता जोजी ,मुशानोकोजी सानेआत्सु,
ラクシャシ フートフート カルロヤ
浜田廣介, 坪田譲治, 武者小路実蓬

1.	泣いた赤鬼 (नाइता आका ओनी)	1.	राक्षस फूटफूट कर रोया (ラクシャシフートフートカルロヤ)
2.	ある島の狐 (आरु शिमा नो खित्सुने)	2.	एक द्वीप की लोमड़ी (エクデュイープキロムリー)
3.	狐解葡萄 (खित्सुने तो बुदो)	3.	लोमड़ी और अंगूर (ロムリーオウルアングール)
4.	小学生と狐 (श्योगाकुसेइ तो खित्सुने)	4.	लोमड़ी की सीख (ロムリーキシーク)

2. 死んだ娘が歌った
(शिन्दा मुसुमे गा उतात्ता)

2. मृतात्मा का गीत
(ミリッタトマカギート)

3. ふうきんと魚の町
(फूकिन तो उओ नो माची)

3. अकार्डियन
(アコルディヤン)

हथेली-भर कहांनियां

कावाबाता यासुनारी *

ハテリーバールカハニヤン

川端康成

1. 秋の雨
(आकी नो आमे)

1. पतझड़ की बारिश
(パトジャルキバリシュ)

2. さざん花
(साज़ान्का)

2. पुनर्जन्म
(プナルジャンム)

3. 有難う
(आरीगातो)

3. धन्यवाद
(ダニヤバード)

4. 日向
(हिनाता)

4. धूप
(ドゥープ)

5. 不死
(फुशी)

5. अमर
(アマル)

6. 母の眼
(हाहा नो मे)

6. दृष्टि
(ディリシティー)

7. 玉台
(तामादाइ)

7. बिलियड्‌र्स
(ビリヤード)

8. 雀の媒酌
(सुज़ुमे नो बाइशाकू)

8. बिचौलिया
(ビチョリヤ)

9. 夏の靴
(नात्सु नो कुत्सु)

9. जूते
(ジューテ)

10 歴史
(रेकिशि)

10. इतिहास
(イティハス)

11. 胡 子盗人

11. चोर